Schweigen ist nicht immer Gold

Gabriele Sandmüller
Alexander Becker

AF194679

Inhalt

Familiengeheimnisse prägen Rosmarie seit ihrer Kindheit, die sie in der damaligen DDR bei den Großeltern verbrachte, denn ihre Mutter floh in den Westen und hatte sie zurückgelassen. Warum musste sie in Leipzig groß werden und dann im Teenageralter bei ihrer bis dahin völlig unbekannten Mutter im Westen?

Außerdem plagt sie die Ungewissheit über ihren Vater, und dass sie von niemandem in der gesamten Familie etwas erfahren konnte über die Geschehnisse in ihrem Zeugungsjahr 1946, kurz vor der Vertreibung aus Südschlesien durch die Polen.

Eines Tages bekommt sie die Lebenserinnerungen ihres Großvaters in die Hände und vertieft sich in seine sehr präzisen Aufzeichnungen, die von seiner Geburt im Jahre 1872 bis zu der unglückseligen Vertreibung aus der schlesischen Heimat und über den Neuanfang in Leipzig berichten.

Doch sie erfährt daraus nichts, was ihre eigene Geschichte betrifft und so forscht sie weiter. Später, gemeinsam mit ihrem Ehemann, besuchen sie die Heimat der Großeltern im heutigen Polen und finden nach und nach immer mehr Puzzleteile, die auf eine Familientragödie hinweisen.

Bibliografische Information der Deutschen Nationalbibliothek: Die
Deutsche Nationalbibliothek verzeichnet diese Publikation in der
Deutschen Nationalbibliografie; detaillierte bibliografische Daten
sind im Internet über dnb.dnb.de abrufbar.

**Herstellung und Verlag: BoD – Books on Demand
Norderstedt**

ISBN: 978-3-7528-2134-5

Schweigen ist nicht immer Gold

**Gabriele Sandmüller
und
Alexander Becker**

Teil 1 – Konstantin

1.Kapitel

„Hallo! Hallo!"

Immer noch keine Reaktion, obwohl Rosmarie bereits mindestens zehnmal auf die Klingel gedrückt und laut an die Tür geklopft hat.

„Ist denn niemand da?"

Komisch, denkt sie, Opa muss doch zu Hause sein. So wie ihr berichtet wurde, hat er Probleme beim Laufen und sitzt überwiegend in seinem bequemen Ohrensessel. Wahrscheinlich macht er ein Nickerchen. Vielleicht kann er auch nicht mehr so gut hören? Na, kein Wunder, schließlich ist er nunmehr immerhin schon über sechsundneunzig Jahre alt. Aber Fräulein Stockmann, und bei dem Gedanken daran, die alte Dame immer noch mit Fräulein anzureden, musste sie unwillkürlich schmunzeln, also, Fräulein Stockmann sollte doch wenigstens die Klingel hören. Aber es macht ihr niemand die Haustür auf.

Nun, ich kenne mich hier sehr gut aus, schließlich hatte sie in diesem Haus ihre Kindheit verbracht. Ich werde schon irgendwie reinkommen. Mal sehen, ob der Haustürschlüssel immer noch im Geheimversteck liegt. So wie damals, wenn sie aus der Schule kam und die Großeltern zum Einkaufen unterwegs waren.

Sie geht um das große, imposante Haus herum, macht das kleine Gartentürchen auf und blickt erstaunt zur Terrasse, die man nur noch erahnen konnte, denn das kleine Gärtchen davor war nicht mehr wie in ihrer Kindheit gepflegt, sondern total mit Pflanzen überwuchert. Ihre Großmutter kümmerte sich zeitlebens darum. Sie liebte es, in den sommerlichen Abendstunden den Sonnenuntergang auf ihrer Bank zu genießen. Aber jetzt sieht man deutlich, dass hier schon seit längerer Zeit niemand mehr etwas getan hat. Sie kämpft sich durch das Gestrüpp zur Terrasse vor und sieht das von Großvater selbst gebaute Vogelhäuschen an seinem alten Platz an einem Ast hängen. In diesem Häuschen hatten sie früher immer den Ersatzschlüssel deponiert und erfreulicherweise liegt er tatsächlich immer noch da.

Sie nimmt ihn an sich, geht zur Haustür zurück und schließt mit sehr zwiespältigen Gefühlen auf.

Was wird sie erwarten? Wie geht es Großvater? Wie hat er den Tod seiner geliebten Frau aufgenommen? Immerhin hat er nun schon seine dritte Ehefrau überlebt. Wie verkraftet er diesen erneuten Schicksalsschlag?

Fragen über Fragen schießen ihr durch den Kopf, seit ihre Mutter ihr in Hannover das Telegramm zeigte.

„Oma Auguste gestorben. Beerdigung 3.1.69. Leipzig, 29.12.68. Fräulein Mücke."

Das ist alles, was sie erfahren hatten.

Ihre Mutter nahm das sehr theatralisch auf, flehte zum Himmel und konnte es gar nicht fassen, dass Oma gestorben sein soll und haderte mit dem Schicksal. Dieses sonderbare Verhalten passte so überhaupt nicht zu ihrer Mutter. Rosmarie konnte keine innige Beziehung zwischen den beiden feststellen in all den Jahren, seit sie nunmehr bei ihrer Mutter in Hannover lebte. Und das hatte nichts damit zu tun, dass sie der sogenannte „eiserne Vorhang" viele Jahre getrennt hatte. Das Ganze kommt ihr aufgesetzt und irgendwie unglaubwürdig vor. Sie selbst ist es schließlich, die geschockt und zutiefst traurig über den Tod ihrer geliebten Großmutter ist.

Ihre Mutter nahm Rosmaries Trauer überhaupt nicht zur Kenntnis und beachtete ihre Gefühle gar nicht. Stattdessen erging sie sich lieber in Selbstmitleid. Dieses Verhalten entfremdete sie immer mehr von ihrer Mutter und verstärkt ihr äußerst gespanntes Verhältnis zueinander. Es gipfelte darin, dass sie ihr vor ein paar Jahren als Teenager einen gerichtlich bestellten Vormund verpasste, da sie ihrer Meinung nach schwer erziehbar wäre. Ja, sogar mit einer Einweisung in ein Heim hatte sie gedroht, was jedoch dann durch diese Vormundschaft schließlich vom Tisch war. Damals dachte Rosmarie, dies sei wohl die absolute Krönung in ihrer Beziehung. aber nun musste sie einsehen, es wurde immer schlimmer.

Nachdem ihre Mutter endlich mit der unseligen Selbstbemitleidung zu Ende war, wurde sie zugleich konkret und berief sofort den Familienrat ein. Sie bestellte ihre Schwester, also Rosmaries Tante Anita, die nicht weit entfernt wohnte, zu sich. Ja, tatsächlich, zu sich bestellte, denn selbst die etwas ältere Schwester hatte in ihren Augen zu gehorchen, und sie tat es auch. Also sitzen wir drei zusammen und beratschlagen, was denn nun zu unternehmen sei. Es liegt auf der Hand, dass einzig Rosmarie die Chance hat in dieser kurzen Zeit die Einreise in die DDR zu bekommen. Sie hat sie seit ihrer sogenannten „Entführung" in die Bundesrepublik durch ihre Großeltern in der Tasche und muss nicht extra die Einreise beantragen. Also bestimmt ihre Mutter, dass sie als Begründung der eiligen Reise nach Leipzig das Telegramm in der Hand mit dem nächsten Zug fahren sollte. Auch die sehr problematische Entscheidung, was mit dem hochbetagten Großvater, der ja nunmehr ganz alleine in dieser durch die Grenze isolierten Stadt lebt, passieren solle, überlassen sie der jungen Frau. Sie geben ihr lediglich mit auf den Weg, ihn zu befragen, ob er mit ihr nach Hannover kommen wolle oder vielleicht lieber in einem Heim in Leipzig leben möchte. Selbst die Frage, ob und wo er überhaupt dann in Hannover unterkommen könnte, ist nicht geklärt, sodass auch dieses Problem schwer auf ihr lastet.

Kann sie dem alten Mann denn einfach sagen, dass sie eigentlich gar nicht weiß, wo er seinen Lebensabend in der für ihn fremden Stadt verbringen soll? Wohin soll sie ihn bringen, wenn er ja dazu sagen würde? In der kleinen Wohnung der Mutter ist absolut kein Platz und ihre Tante, die zwar in einem etwas größeren Haus wohnt und dementsprechend eventuell die Möglichkeit dazu hätte, hat das nicht zu bestimmen, da ihr patriarchalischer

Ehemann einzig das Sagen hat und dem noch zustimmen müsste. Doch dazu hat die Zeit nicht gereicht. Das ist demnach keine sichere Option.

Und wenn er sich für ein Heim in Leipzig entscheiden würde? Wie könnte das geregelt werden und wie lange würde das dauern? Sie kann unmöglich für längere Zeit weg, denn dann würde sie womöglich ihren Studienplatz, den sie glücklicherweise bekommen hatte, vielleicht aufs Spiel setzen.

Das alles geht ihr durch den Kopf, als sie den Schlüssel zögernd umdreht und in das große, dunkle Entree eintritt. Sie macht das Licht an und staunt, denn alles sieht noch genauso aus wie sie es in Erinnerung hat. Die schwere Eichentür knarrt, als sie sie hinter sich schließt, genau wie früher. Die Tapeten mit großen Ornamenten sind ebenso noch an den hohen Wänden, wie die zwei riesigen Kronleuchter in der Mitte des Empfangsraumes. An der Seite steht der große Holztisch, der bei besonderen Anlässen in die Mitte gerückt wurde, damit alle Bewohner bei einer Feier daran sitzen konnten. Der uralte Perserteppich ist immer noch so zerschlissen wie früher, dennoch hat er die Zeit ebenso überdauert, wie die betagte Anrichte, die an der anderen Seite steht. Sogleich fühlt sie sich in ihre Kindheit zurückversetzt und genießt es, das Gefühl des Zuhauses zu haben.

Hier in dieser Halle traf sich oft die Hausgemeinschaft, es wurde gemeinsam Weihnachtsschmuck gebastelt, die von Oma gebackenen Plätzchen ausgestochen und phantasievoll dekoriert. Der Nikolaus kam, tadelte unartige Kinder und holte danach kleine Tüten mit Süßigkeiten, Äpfeln und Nüssen für jeden aus seinem großen Jutesack.

Geburtstage, Weihnachts- und Fastnachtsfeiern fanden hier statt, ja sogar Versteckspielen war ein sehr beliebter Zeitvertreib für die Kinder bei Regenwetter. Jedoch, etwas ist sonderbar. Alles erscheint ihr plötzlich viel kleiner, als sie es in Erinnerung hat? So, als wäre alles geschrumpft?

Klar, sagt ihr der Verstand, es ist völlig normal, dass ihr nunmehr alles kleiner vorkommt. Nicht die Gegenstände sind geschrumpft, sondern sie ist gewachsen und kein Kind mehr von zwölf Jahren, das sie damals beim Verlassen des Hauses war.

Nur kurz gönnt sie sich die nostalgischen Erinnerungen, denn die Sorge um ihren Großvater kommt ihr wieder zu Bewusstsein. Sie ahnt schon, wo er sich aufhalten könnte, sollte er zu Hause sein. Also eilt sie über den Flur zur Tür, die in die Wohnküche führt. Wie sie es als Kind gelernt hatte, klopft sie höflich an, doch es rührt sich nichts. Dann etwas lauter, immer noch nichts.

Sollte er doch außer Haus sein?

Ganz behutsam öffnet sie die nicht abgeschlossene Tür, setzt ihr Gepäck ab, das außer einem kleinen Koffer auch noch zwei Kränze beinhaltet. Es ist ja allgemein bekannt, dass Blumen in der DDR nicht gerade einfach zu bekommen sind.

Sie späht in den Raum. Auch hier hat sich überhaupt nichts verändert.

Auf der Bank am Kachelofen gleich neben der Tür, wo er sich immer im Winter den Rücken wärmte, ist er nicht zu sehen. Sie schnuppert und weiß sofort, er musste da sein, denn der für sie altvertraute Pfeifentabakgeruch hängt in der Luft. Rosmarie geht ein Stück weiter in den Raum hinein, schaut zum alten Sofa, das jedoch ebenfalls leer ist. Es dämmert ihr, dass er es sich bestimmt auf seinem heißgeliebten Ohrensessel, der in der Nähe des Küchenherds steht, bequem gemacht haben könnte. Und richtig, als sie näherkommt, sieht sie ihn dort sitzen. Großvater Konstantin ist wie immer sehr gut mit weißem Hemd, Krawatte und seiner Weste bekleidet. Er ist eingenickt. Sein Kopf fällt ein wenig zur Seite und er schnarcht leise vor sich hin.

Daneben liegt auf dem kleinen Tischchen auf einem Teller seine noch etwas schmauchende, große gebogene Pfeife. Diese hat sie immer an die des Lehrers Lämpel aus Wilhelm Buschs Max und Moritz erinnert.

Als sie ihn so sitzen sieht, kommt er ihr irgendwie verloren vor. So hat sie ihn noch nie früher gesehen. Er, der allzeit starke, so souveräne Herr, vor dem jedermann Respekt hatte, wirkt klein und zerbrechlich. Etwas irritiert schaut Rosmarie ihn an und traut sich kaum, ihn aufzuwecken.

Dabei kommt ihr wieder schmerzhaft zu Bewusstsein, dass ihre so sehr geliebte Großmutter nicht mehr da ist. Sie schaut hinüber zum Herd, sieht sie förmlich vor sich und in rasender Geschwindigkeit kommen unzählige Erinnerungen in ihr hoch.

Hier am Herd, hatte sie fast immer gestanden und auch in den schlimmsten Zeiten dafür gesorgt, dass irgendetwas zum Essen auf den Tisch kam und keiner Hunger leiden musste. Ihr liebevolles „Rosilein" hatte sie in all den letzten Jahren so sehr vermisst. Sie hörte es so deutlich, als stünde sie neben ihr und würde sie zum Essen rufen.

Warum durfte ich nicht weiterhin bei ihnen bleiben?

Hier war ich in meiner Kindheit so glücklich und zufrieden.

Wieso haben sie mir das nur angetan?

Für sie persönlich war es eine schöne Zeit hier in Leipzig. Von den negativen Seiten des Arbeiter- und Bauernstaates ahnte sie nichts und erfuhr erst sehr viel später, als sie im Westen war, dass es sowas wie Stasi, Bespitzelung und Verhaftungen von Regimegegnern gab. Auch den Mauerbau erlebte sie erst, als sie schon in Hannover war. Sie erinnerte sich gerne an die großartigen Umzüge anlässlich der 1.Maifeiern auf der „Straße der Deutsch-Sowjetische Freundschaft", die direkt an der Ecke ihres Zuhauses vorbeiführten. Dabei erinnert sie sich an eine Begebenheit, die sie all die Jahre über völlig vergessen hat. Sie stand damals an der Straßenecke und musste wohl ziemlich traurig ausgesehen haben. Ihr Großvater hatte es ihr nicht erlaubt bei den „Jungen Pionieren", aus welchen Gründen auch immer, teil zu nehmen. Als ihre Klassenfreunde vorbeimarschierten und fröhlich mit Tüchern den Zuschauern zuwinkten, sah ihr Klassenlehrer sie dort stehen. Er ging spontan zu ihr, griff wortlos in seine Jackentasche, holte ein blaues Halstuch hervor und band es ihr um. So ausgestattet konnte sie dann auch an dem Umzug durch Leipzig teilnehmen und war nicht länger ein Außenseiter. Diese Geste ihres Lehrers fand sie wunderbar und er machte das noch mehrmals. Großvater Konstantin bekam davon wahrscheinlich nichts mit, oder ließ es sich nicht anmerken. Auch die Radrennen fanden hier auf dieser Straße statt und sie und alle Nachbarskinder standen am Straßenrand und feuerten ihr großes Idol Täve Schur an.

Auf der Straße vor ihrem Haus konnten sie unbesorgt toben, denn hier fuhren höchstens mal ein paar Fahrräder durch.

Abenteuerlich ging es zu, wenn sie in den zahlreich noch vorhandenen Trümmern verstecken spielten. Es grenzte fast an ein Wunder, dass es niemals zu schwerwiegenden Unfällen kam, denn abgesichert waren diese Ruinen nicht sonderlich gut.

Warum nur musste ich zu meiner Mutter? Sie war für mich doch eine völlig fremde Frau gewesen?

Und was war eigentlich mit meinem Vater, über den ich niemals etwas erfahren habe und der in der Familie einfach totgeschwiegen wurde?

Ich wurde damals in Hannover einfach abgegeben. „Entführt", wie die Polizei der DDR es bezeichnete und wofür Großvater sogar verurteilt wurde.

Gesagt hatte man mir nichts davon und es wurde auch nicht gefragt was sie will. Das tat so weh.

Nächtelang habe ich damals geheult und mit dem Schicksal gehadert.

Kann ich diesen alten Mann hier deshalb verachten?

Wer ist denn nun der oder die Schuldige?

Meine Mutter, die in den „goldenen Westen" geflohen ist und

mich als kleines Kind in Leipzig bei den Großeltern zurückgelassen hatte?

Oder meine Großeltern, die mich nach vielen Jahren dann in Hannover bei meiner Mutter ließen und alleine wieder zurückfuhren?

Diese Gewissensfragen quälen Rosmarie seit langem und sie kommt einfach zu keinem schlüssigen Ergebnis.

Jetzt endlich wird sie Volljährig und darf von nun an selbst über sich bestimmen und das ist im Moment für sie das Wichtigste überhaupt.

Dabei fällt ihr ein, dieser für sie so bedeutsame Tag ist genau morgen, nämlich am 3. Januar. So hatte sie sich ihren Geburtstag nun wirklich nicht vorgestellt. Sie wollte ausgiebig feiern und diesen Tag mit Freundinnen und Freunden genießen. Stattdessen steht sie nun in der Wohnung ihrer Kindheit und grübelt über die Vergangenheit nach.

Das ist nicht gut, sagt sie sich. Ich muss an die Zukunft denken und mir mein eigenes Leben aufbauen. Das hat von nun an absolute Priorität. Aber das wird nicht einfach sein und war ihr voll und ganz bewusst.

Ok, hör auf damit.

Jetzt liegen erst einmal andere wichtige Dinge an, die bewältigt werden müssen.

Und genau in diesem Moment bemerkt sie, wie ihr Großvater wach wird.

Er öffnet die Augen und sieht sie erstaunt an.

„Ah, Rosilein. Du hier? Wie schön."

Unwillkürlich zuckt Rosmarie ein wenig zusammen, als er sie beim Kosenamen nennt. Das war schon eine Seltenheit bei ihm. Sie freut sich darüber, stellt ihre Tasche auf den Boden und stürmt auf ihn zu, umarmt ihn und gibt ihm ein Küsschen auf die Wange.

„Du bist ja eine richtige junge Dame geworden", sagt er zu ihr, „und schick siehst du aus. Lass dich anschauen."

„Ja, ist lange her, als wir uns das letzte Mal gesehen haben. Und nun, zu diesem traurigen Anlass. Mir wäre es wesentlich lieber gewesen, wenn es einen anderen Grund gegeben hätte euch zu besuchen."

„Da hast du recht, mir auch."

Als er diese Worte sagt, erscheint es ihr, als hätte er leicht wässrige Augen bekommen. Aber nein, das kann nicht sein, dass Großvater Gefühle zeigt. Er, der immer so beherrscht, ja, manchmal auch recht streng war, ließ eigentlich niemanden so recht an sich heran. Doch das ist jetzt etwas ungerecht, denkt sie, denn ihr gegenüber zeigte er sich früher hin und wieder von einer ganz anderen Seite, fürsorglich und beschützend. Als kleines Mädchen, erinnert sie sich, durfte sie sogar auf seinem Schoß sitzen. Wenn dann hin und wieder abends der Strom abgestellt wurde, saß sie bei Kerzenlicht bei ihm und er erzählte ihr Geschichten aus der alten Zeit. Manchmal sogar richtige Gruselgeschichten. Und wie er erzählen konnte. Gebannt lauschte sie immer seiner sonoren Stimme, noch dazu im schlesischen Dialekt. So erschien ihr das Ganze noch unwirklicher und fremdartiger. Sie war dann immer sehr traurig, wenn ihre Oma rief und sie ins Bett musste.

Rosmarie reißt sich aus diesen Gedanken und wendet sich ihrem Großvater zu.

„Opa, hast du denn überhaupt schon was gegessen?"

Als er verneint, fuhr sie fort: "Gut, dann schau ich mal in der Speisekammer nach, was ich da so finde."

Doch da sieht es wirklich trostlos aus. Ein wenig Margarine, ein paar Scheiben Wurst und ein angebrochenes Marmeladenglas ist alles.

„Das ist ja sehr bescheiden. Ich gehe mal kurz rüber zu Kleemanns und schau mal, was es in ihrem Laden heute zu kaufen gibt. Bin gleich wieder da."

„Ja, ist recht", ruft er ihr noch nach, als sie schon in der Tür verschwunden ist.

*

Kurze Zeit später kommt sie wieder zurück mit einer großen Papiertüte in der Hand.

„Also, ehrlich, das ist schon sehr erbärmlich, was ihr hier im Laden habt. Man bekommt ja kaum was zu kaufen. Wenn ich da an unsere Supermärkte denke, wie vollgestopft die mit allen möglichen Dingen sind."

Dabei schüttelt sie den Kopf und ihre langen rötlichen Haare geraten wild durcheinander. Sie packt die mitgebrachten Lebensmittel aus und macht sich sofort daran das Essen zuzubereiten. Schon bald lassen es sich die beiden gut schmecken. Es ist zwar nicht üppig, aber es gibt frisches Gemüse, Kartoffeln und sogar für jeden eine große Bratwurst.

So nach und nach kommen dann die anderen Mitbewohner nach Hause. Fräulein Stockmann und Frau Nordhof mit ihrer Tochter. Jeder hat eine abgeschlossene Wohneinheit hier im Haus, die alle über die große Eingangshalle zu erreichen sind. Mit großer Freude wird Rosmarie begrüßt und diese bittet sie sogleich an den Küchentisch und lädt sie zum Essen und Trinken ein. Es ist durchaus so üblich, dass man sich bei Gelegenheit gegenseitig einlädt und größere Familienfeste werden immer gemeinsam im Entree gefeiert.

Etwas später lässt sich auch noch die Nachbarin, Fräulein Mücke, blicken. Rosmarie vernimmt mit großer Erleichterung, denn diese und Fräulein Stockmann hatten bereits alles Erforderliche für die morgige Beerdigung in die Wege geleitet.

Natürlich sind alle sehr neugierig zu erfahren, wie es denn Rosmarie in den letzten Jahren so ergangen ist und löchern sie mit Fragen über Fragen. Sie verspürt zwar absolut keine Lust dazu, aber tut ihnen dennoch den Gefallen und erzählt vieles über ihr Leben und über Allgemeines aus dem Westen.

Das lenkt sie ein wenig ab und so muss sie nicht andauernd an den traurigen Verlust ihrer Großmutter denken. So ist es etwas leichter zu ertragen.

Als alle dann in ihre Wohnungen gehen, schaut sie noch mal in Großvaters Schlafgemach, denn er hatte sich schon etwas früher verabschiedet. Es interessiert sie, ob er denn auch alleine klarkommt. Was sich auch bestätigt. Er hat seine Kleidung ordentlich auf einen Bügel gehängt und schläft friedlich in seinem Bett. Beruhigt zieht sie sich zurück in die sogenannte „gute Stube". Dieses Zimmer liegt gegenüber auf der anderen Seite der Eingangshalle und wird tatsächlich nur ganz selten benutzt und ist in erster Linie für Gäste gedacht. Um ein wenig die Kasse aufzubessern, wird es manchmal auch für ein paar Tage vermietet, hauptsächlich, wenn in Leipzig die Messe stattfindet und in dieser Zeit Hotelzimmer Mangelware sind. Wie genügsam die Menschen hier doch sind, denkt sie, als sie die Einrichtung sieht. Ein einfaches Doppelbett, ein Tisch mit zwei Stühlen und ein kleiner Kleiderschrank. Als Waschgelegenheit dient eine Schüssel und eine Karaffe mit heißem Wasser, die auf der Kommode stehen. Und das war's auch schon. Von wegen Dusche oder gar Badewanne. Man benutzt die Gemeinschaftstoilette, die sich gegenüber dem großen Entree befindet. Es amüsiert sie ein wenig bei der Vorstellung, dass man dieses sehr bescheidene Zimmerchen den verwöhnten Westeuropäern oder gar Amerikanern anbieten würde, die sich mit ihrem Westgeld natürlich locker ein Hotelzimmer mit allem Komfort leisten konnten.

Nachdem sie sich etwas frisch gemacht und ihren Schlafanzug angezogen hat, fällt sie müde ins Bett, findet aber lange keine Ruhe, da ihr tausend Gedanken gleichzeitig durch den Kopf gehen. Es dauert ewig, bis sie endlich in einen unruhigen Schlaf fällt.

2. Kapitel

Sehr früh am Morgen wird sie wach und geht schlaftrunken in die Küche. Großvater Konstantin sitzt bereits im schwarzen Sonntagsanzug, sauber und korrekt wie immer, am Küchentisch.
Er hat sogar schon Kaffee aufgesetzt und bittet sie zu sich. Er schenkt ihr eine Tasse ein und ein wenig stolz sagt er zu ihr, dass es immer noch Kaffee aus dem letzten Päckchen wäre, welches sie vor einiger Zeit von ihrer Mutter aus dem Westen erhalten hatten.
„Wir sind immer damit sehr sparsam umgegangen und haben euren Kaffee etwas gestreckt, damit er lange hält. Auch haben wir ihn niemals verkauft, wie das die anderen meist tun, sondern haben uns diesen kleinen Luxus für uns aufgehoben."
Ja, das stimmt, denkt Rosmarie und erinnert sich an die sehnlichst erwarteten Pakete in ihrer Kindheit, die regelmäßig von ihrer Mutter geschickt worden waren. Da waren Dinge dabei, richtige kleine Schätze, wie Schokolade, Kaugummi und so Wertvolles wie Nylonstrümpfe, die man dann für viel Geld verkaufen konnte. Das war wirklich die einzige gute Erinnerung, die sie an ihre Mutter hatte und deshalb fiel es ihr damals auch nicht schwer, immer sofort einen lieben Dankesbrief zu schicken. Ob das von der Mutter honoriert wurde, kann sie auch heute noch nicht beurteilen. Gesagt hatte sie es jedenfalls noch nie, auch später nicht, als sie bei ihr in Hannover lebte. Aber egal, zumindest hatte sie ihnen damit etwas Gutes getan.
Der Kaffee schmeckte einfach grausig, so dünn wie leicht gebräuntes Wasser. Aber Rosmarie lässt sich nichts anmerken, da sie ihren Großvater nicht verletzen möchte.
Dann geht sie in die „gute Stube" und macht sich auch fertig. Sie zieht das mitgebrachte schwarze Kleid und ihren Mantel an, denn es wird langsam Zeit, den beschwerlichen Gang zum Friedhof anzutreten.

Fräulein Stockmann hatte auch daran gedacht, dass Herr Grünwald, wie sie ihn immer respektvoll anredet, nicht mehr so gut zu Fuß ist und hatte vorsorglich ein Taxi bestellt, denn der Friedhof liegt ziemlich weit entfernt.

An Rosmarie geht die ganze Zeremonie der Beerdigung völlig vorbei, da sie gedanklich weit weg ist und wenn man sie später über Einzelheiten befragen sollte, hätte sie keinerlei Erinnerungen mehr daran. Es kommt ihr alles so unwirklich vor. Sie will nur noch, dass es endlich vorbei ist und wacht aus diesem Zustand eigentlich erst auf, als sie alle wieder zurück im Haus sind. Die Damen hatten vorher bereits den großen Tisch in der Eingangshalle eingedeckt und haben Kaffee und Kuchen für die Trauergäste bereitgestellt.

Großvater setzt sich wie gewohnt an das Kopfende und sieht sehr gefasst aus.

Rosmarie bewundert ihn, dass er immer noch diese Kontenance bewahrt und sich seine Trauer, und da war sie überzeugt, dass er sie hat, nicht anmerken lässt.

Ansonsten kann sie mit dieser allgemein als „Leichenschmaus" titulierten Feier nichts anfangen und ist sehr erleichtert, als die Gäste sich bald verabschieden und gehen. Lediglich die Hausbewohner sind noch anwesend und gemeinsam räumt man ab und spült das Geschirr in der Küche.

Später am Abend sind die beiden dann alleine und sitzen im Wohnzimmer zusammen, Großvater in seinem Sessel, Rosmarie auf einem Stuhl neben ihm. Es graut ihr vor der Aussprache über seine Zukunft, aber, was soll sie machen, diese Sache muss sobald es irgend geht geklärt werden.

Jedoch, wie soll sie anfangen?

Wider Erwarten muss sie gar nicht beginnen, denn er selbst kommt direkt darauf zu sprechen. So, als hätte er ihre Gedanken gelesen und als wolle er ihr damit helfen.

„Rosilein, du siehst es ja selbst. Ich glaube nicht, dass ich alleine hier leben kann. Ich bin leider nicht mehr der Jüngste und spüre so langsam mein Alter. Die Damen helfen mir, wo immer sie können, aber darauf möchte ich nicht bauen. Sie sind ja auch nicht mehr so frisch, wenn du verstehst, wie ich das meine. Also, kurz gesagt, wir müssen eine andere Lösung finden."

„Ja", unterbricht ihn Rosmarie, „du hast vollkommen recht und Mutter sagte",...

„Ach, jetzt hör auf mit deiner Mutter. Das will ich überhaupt nicht hören, was die zu sagen hat und es interessiert mich einen Dreck."

„Aber, Opa", versucht sie zu Wort zu kommen.

„Nichts da, kein Wort mehr über deine Mutter. Du bist hier und nur auf dich werde ich hören. Die anderen können mir alle dem Buckel runterrutschen. Ich habe sie mein ganzes Leben nicht gebraucht und werde das nun am Lebensende ganz bestimmt nicht ändern."

„Aber Tante Anita meint auch, du...."

„Ja, ja, Anita, das ist ‚ne Gute', und dabei sieht er sie an und fährt fort: „Weißt du, du erinnerst mich ein wenig an sie, nur, du bist stärker als sie, viel stärker. Anita ist schlicht und einfach zu lieb für diese Welt. Und dann hat sie auch noch einen Mann bekommen, der herrisch über sie bestimmt. Gut, sie hat ihn sich selbst ausgesucht und damals, in dieser sehr schlechten Zeit war es für sie wohl auch bestimmt das Beste. Nun muss sie auch damit leben. Ich wurde ja nur gefragt, habe zwar zugestimmt, aber arrangiert, wie das früher allgemein so üblich war, habe ich diese Ehe nicht."

Liegt da in seinen Worten etwas wie Bedauern? denkt Rosmarie leicht verwirrt, schiebt diese Gedanken aber rasch beiseite. Nun gilt es im Jetzt wichtige Entscheidungen zu treffen.

„Was meinst du denn? Wie stellst du dir deine Zukunft vor? Willst du mit mir nach Hannover kommen? Oder hast du andere Pläne?"

„Pläne? Du bist gut. Ich soll mit fast siebenundneunzig Jahren noch Pläne haben? Das kannst du abhaken. Ich mache keine

Pläne mehr. Wie es kommt, so kommt es!"

„Ja, aber, Opa, wir müssen eine Entscheidung treffen. Ob wir wollen oder nicht."

„Sicher, ja, nur ich entscheide das nicht mehr. Sag du, was zu machen ist und ich füge mich. Du wirst das schon hinkriegen. Ich sagte doch, du bist stark und machst das bestimmt richtig. Das Einzige was ich nicht will, ist, dass ihr mich hier in ein Heim abschiebt und ich darin umkomme."

Verwundert schaut sie ihn an, bevor sie antworten kann.

„Wie bitte, ich soll über dein weiteres Leben entscheiden? Dein Vertrauen ehrt mich, aber wie kann das denn gehen? Ich bin völlig mittellos, habe keine eigene Wohnung und weiß noch nicht einmal wohin mit mir, geschweige denn mit dir."

„Ach, jetzt beruhige dich erst mal. Ich habe volles Vertrauen zu dir. Dir wird sicherlich was einfallen. Aber jetzt entschuldige mich einen Moment. Ich gehe kurz zu meiner „Schatzkammer". Bin gleich wieder zurück."

Rosmarie ist natürlich sofort bewusst, was ihr Großvater damit meint. Er hat in der Speisekammer eine große Flasche mit selbst gemachtem „Aufgesetzten". Immer vor dem Schlafengehen gönnt er sich ein oder zwei Gläschen davon. Das lässt den Tag vorübergehen und fördert einen geruhsamen Schlaf, pflegt er stets dabei zu sagen. Sie muss lächeln, als ihr sein „Geheimrezept" wieder in den Sinn kommt.

Dafür mussten ca. drei Esslöffel Wachholderbeeren zerstampft werden. Dieses wurde dann in eine saubere Flasche gefüllt und darauf kam der gute Nordhäuser Doppelkorn. Wobei ihr Opa immer betonte, es müsse unbedingt auch der „Gute" sein. Alles zusammen musste dann mindestens zwei Wochen stehen bleiben, aber zwischendurch hin und wieder geschüttelt oder umgestülpt werden.

Nun, das kann Rosmarie jetzt wahrhaftig auch gebrauchen und

deshalb ruft sie ihm zu, er möge ihr auch ein Glas mitbringen.

Einen Moment später kommt er wieder und bringt gleich die ganze Flasche mit.

„Heute gönnen wir uns mal was, nicht wahr, mein großes Rosilein?"

Er gießt ihr und sich ein und sagt: „Prost, auf diesen „scheiß" Tag! Auf dass er vorübergeht und wir so was nicht mehr erleben müssen."

Sie stoßen an, leeren die Gläser in einem Zug und füllen sogleich nach.

Aus dieser Nummer wird Rosmarie nicht mehr herauskommen. Das ist ihr vollauf bewusst. Sie hat nun die Verantwortung für den alten Herrn übernommen und muss dafür Sorge tragen, wie und wo er letztendlich in Hannover unterkommen würde. Dieser moralischen Verpflichtung kann sie nicht mehr entgehen.

Leicht beschwipst gehen sie später zu Bett und sie ist echt froh, diesen Tag überstanden zu haben.

Und ausgerechnet dieser „scheiß" Tag war ihr so lange sehnlichst erwarteter einundzwanzigster Geburtstag. Doch daran hatte niemand gedacht. Ja, sie selbst hatte es vergessen und es fällt ihr erst kurz vor dem Hinüberdämmern in den durch den Schnaps diesmal etwas leichter zu findenden Schlaf wieder ein.

3. Kapitel

Am nächsten Tag nehmen sie sich vor die Ausreise zu regeln. Wider Erwarten ist das kein großes Problem, da für Rentner kein Ausreiseantrag notwendig ist. Es muss lediglich ein Besuchsschein beantragt werden. Die Polizeistelle in Leipzig stellt die erforderlichen Papiere sofort aus und so können sie am Bahnhof sogleich die Fahrkarten nach Hannover kaufen.

„Ich kann kaum glauben, dass die Ausreiseformalitäten so schnell und reibungslos über die Bühne gehen", sagt Rosmarie zu ihrem Großvater.

„Wieso wundert dich das?", antwortet er ihr, „die sind doch heilfroh darüber, wenn ich in den Westen gehe. Besonders wenn ich dann auch noch möglichst für immer dableibe."

„Wie, die wollen das? Was meinst du denn damit?"

„Na, ist doch sonnenklar. Ich als Rentner koste die schließlich nur Geld. Wenn ich weg bin, ja, dann brauchen sie nicht mehr zahlen und sparen meine Rente, die Kranken- und Heimkosten und vieles mehr. Dann ist der Westen dran und die lachen sich ins Fäustchen. Das ist doch bekannt hier im sogenannten „Arbeiter- und Bauernstaat." Dabei konnte er sich ein säuerliches Grinsen nicht verkneifen.

„So habe ich das ja noch nie gesehen", staunt Rosmarie, „aber ich kann mir schon denken, dass die so ticken. Na, egal, der nächste Zug nach Hannover geht erst übermorgen. Da haben wir noch genügend Zeit unsere Sachen zu packen und alles mit Fräulein Stockmann zu regeln. Natürlich müssen wir auch dran denken ein Telegramm nach Hannover abzusenden. Ach, das können wir ja auch gleich hier im Bahnhof erledigen, bevor es vergessen geht. Wir kennen ja nun die Ankunftszeit."

4. Kapitel

Im Zug herrscht fürchterliches Gedränge. Dank der Platzkarten können sie sich bald in ihr Abteil zurückziehen. Sie verstauen die Koffer und Taschen im Gepäcknetz und machen es sich, soweit es möglich ist, bequem. Schon bald hört man das unmissverständliche laute Schnaufen der altertümlichen Dampflok und ganz langsam setzt sich der Zug in Bewegung und verlässt den imposanten großen Leipziger Hauptbahnhof, immer schneller werdend. Großvater Konstantin sieht gedankenverloren aus dem Fenster, den dahineilenden Häusern nach.

Rosmarie beobachtet ihn dabei, ohne dass er es bemerkt.

Was er wohl denkt? fragt sie sich.

Ich kann mir vorstellen, wie schwer es für ihn ist, schon wieder eine vertraute Umgebung aufzugeben und in eine für ihn fremde neue Welt und in eine ungewisse Zukunft zu reisen.

Armer alter Mann. Wie mag ihm wohl zumute sein?

Dabei bewundert sie, wie sie es früher oft tat, seinen imposanten, silbrig-weiß glänzenden Schnurrbart, den er an den Enden immer mit ein wenig Fett einreibt, damit er besser nach oben steht.

Doch auch sie plagen Sorgen.

Was wird mich denn in Hannover erwarten?

Wie werden sie dort auf unsere Ankunft reagieren?

Rechnen sie überhaupt damit, dass ich ihn mitbringe oder haben sie die Hoffnung gehabt, dass es mir gelingen würde, ihn in einem Altersheim in Leipzig unterzubringen?

Was mache ich, wenn sie sich aus der Verantwortung stehlen und mir die Schuld geben und mich im Regen stehen lassen?

Ihre Hoffnungen ruhen ganz gewiss nicht auf ihrer Mutter. Sie hatte sie in den letzten Jahren ganz gut kennen gelernt, denn immer, wenn es schwierig wird, hält sie sich aus allem raus und schiebt es auf andere ab. Einzig zu ihrer Tante Anita, die sie ebenso an ihre Großmutter erinnert, hat sie einen richtig guten Draht und deshalb glaubt sie, wenn ihr jemand beistehen wird, dann kann es eigentlich nur sie sein. Sicher, ihr Mann ist nicht gerade einfach, aber auch kein Unmensch. Schließlich hatte er ja auch damals zugestimmt, als ihre Mutter Obdach benötigte und sie in deren Haus vorübergehend aufgenommen. Ja, auch sie selbst wohnte zeitweise dort und hatte keine allzu großen Probleme mit ihm. Diese Überlegungen machen ihr ein wenig Mut und sie schaut etwas optimistischer in die Zukunft.

„Opa", reißt Rosmarie ihn aus seinen Gedanken, „wie sieht's aus. Hättest du Appetit auf eine Schnitte? Ich habe auch Kaffee in der Thermosflasche dabei, hier im Korb."

Immer noch leicht geistesabwesend schaut er seine Enkelin an und nickt zustimmend.

Nachdem sie sich etwas gestärkt haben, überlegt Rosmarie, diese Bahnfahrt zu nutzen, ein paar Dinge zu klären, die sie schon seit all den Jahren sehr beschäftigt haben. Bestimmt ist hier die beste und vielleicht sogar einzige Gelegenheit, mit ihrem Großvater unter vier Augen zu sprechen.

Doch, das war einfacher gedacht als getan.

Womit fange ich nur an?

So wie ich ihn kenne, ist es wohl am besten, gleich direkt zur Sache zu kommen. Ihr Großvater ist schon immer ein Mensch der klaren und ehrlichen Worte. Er liebt es überhaupt nicht, wenn hintenherum und nur mit Andeutungen oder gar über Gerüchte gesprochen wird.

Also bringt sie all ihren Mut auf, will gerade das vertrauliche Gespräch mit ihm suchen, da geht mit lautem Getöse die Kabinentür auf und eine Familie mit drei Kindern stürzt herein. Geräuschvoll verstauen sie ihre Koffer und Taschen im Gepäcknetz und nehmen nach einigen Diskussionen ihre Plätze ein, die Kleinste auf dem Schoß der Mutter.

So ein Mist, denkt Rosmarie verärgert, und ich habe gehofft, hier im Abteil alleine sein zu können. Und dann auch noch „Wessis", die, wie ja allgemein bekannt ist, nicht gerade den Ruf haben diskret und leise zu sein. Und ihre Kinder haben sie erst recht nicht im Griff. Bei diesem Gedanken muss sie innerlich über sich selbst ein wenig schmunzeln. Sie denkt doch tatsächlich immer noch wie ein Ostkind.

Ja, was bin ich denn nun eigentlich? fragt sie sich. Ich bin im Osten aufgewachsen und lebe nun schon seit vielen Jahren im Westen. Ist schon eine merkwürdige Sache, was da mit mir passiert ist. Nun, dann muss ich eben aus beiden Seiten das Beste für mich herauspicken. Bin ich eben manchmal „Ossi" und bei passender Gelegenheit dann wieder „Wessi". Ist ja auch nicht schlecht, wenn man das so bedenkt.

Lange Zeit hatte es gebraucht und viel Mühe gekostet, bis sie endlich ihren sächsischen Dialekt abgelegt hatte. Viele Stunden musste sie mit ihrem Cousin Walter in Hannover immer wieder üben, als sie damals von Leipzig kam. Sie konnte es nicht länger ertragen, dass ihre Mitschüler sie immer in der Schule damit aufgezogen hatten. Doch jetzt ist sie ihn los, spricht astreines hochdeutsch und niemand hört mehr heraus woher sie kommt. Komisch, denkt sie, wie wichtig mir das damals war? Aber es ist nun mal so, dass sächsisch im Westen der unbeliebteste deutsche Dialekt ist und man darüber in erster Linie Witze reißt und sich lustig macht.

Ihre Gedanken richten sich wieder auf die Gegenwart.

Die Kinder sind tatsächlich nervig, laut und werden ständig von den Eltern ermahnt, was jedoch wenig nutzt. An eine normale Unterhaltung ist kaum zu denken und Rosmarie glaubt nicht mehr daran, mit ihm ein vertrauliches Gespräch führen zu können.

Schade, muss ich es eben bei einer anderen Gelegenheit versuchen.

„Wissen Sie zufällig, ob dieser Zug einen Speisewagen hat?", fragt der Vater, an den Großvater gewandt.

„Leider, da bin ich überfragt", antwortet er ihm, ein wenig

abweisend.

„Da müssen Sie sich schon an den Schaffner wenden."

„Danke, gut, dann mache ich mich mal auf die Suche nach ihm."

Er steht auf und die ganze Kinderschar folgt ihm sofort nach, wieder mit den üblichen Ermahnungen. Da die Mutter nicht alleine zurückbleiben will, eilt sie geschwind hinterher.

„Gut so", sagt Konstantin zu Rosmarie,

„haben wir wenigstens einen Moment unsere Ruhe."

Diese Gelegenheit will sich Rosmarie nicht entgehen lassen und wendet sich ihrem Großvater zu. Bevor sie was sagen kann, kommt er ihr auch diesmal wieder einmal zuvor.

„Rosilein, du hast was auf dem Herzen. Das spüre ich schon die ganze Zeit. Komm, rück raus damit. Was bedrückt dich denn? Ist es meinetwegen, weil ich dir jetzt zur Last falle?"

„Nein, Opa, wirklich nicht, wir werden das schon schaffen."

„Ja, was ist es dann?"

Sie schaut ihn an, nimmt sich ein Herz und fängt an: „Weißt du, Opa, ich kann bis heute nicht nachvollziehen, wie und warum das damals alles so gekommen ist. Ihr habt mich einfach in Hannover abgegeben und mich bei der für mich fremden Mutter zurückgelassen. Ich komme da nicht drüber weg, denn ich wollte doch so gerne wieder mit euch zurück nach Leipzig in unsere Wohnung, zu meinen Freundinnen und zu dem ganzen vertrauten Umfeld, also zurück in meine Heimat. Ich dachte damals, dass wir nur mal so zu Besuch über die Weihnachtsfeiertage zu Mutter und Tante fahren, aber rechnete im Leben nicht damit, ohne euch dableiben zu müssen. Hattet ihr das denn alles so geplant oder war es eine spontane Entscheidung? Und dann auch noch ohne mir überhaupt was darüber zu sagen. Ich hatte keine Möglichkeit euch wenigstens meine Sicht der Dinge zu sagen, geschweige denn euch umzustimmen. Vielleicht hätte es eine andere Lösung gegeben, die besser für mich gewesen wäre. Ihr habt mein Schicksal einfach so über meinen Kopf entschieden. Schließlich war ich damals kein kleines Kind mehr, immerhin schon zwölf Jahre alt und ganz gewiss in der Lage die Situation zu beurteilen. Dumm war ich ja auch nicht gerade, das wirst du bestimmt wissen."

So, jetzt ist es heraus.

Rosmarie atmet tief durch und fühlt sich gleichermaßen erleichtert, als auch besorgt. Sie kann absolut nicht beurteilen, wie ihr Großvater darauf reagieren wird.

Schließlich war er früher oft auch sehr streng zu ihr, legte allergrößten Wert auf Zucht und Ordnung und es durfte nicht daran gezweifelt werden, dass er der Herr im Hause war.

Würde er sie zurechtweisen, ja, vielleicht abkanzeln und damit alles beenden wollen? Oder zeigte er jetzt im hohen Alter ein anderes Gesicht und würde hoffentlich Verständnis für ihre Nöte aufbringen?

Er schaut sie lange an und aus seiner Mimik kann man absolut nichts herauslesen.

Rosmarie erscheint es wie eine Ewigkeit, bis er endlich anfängt zu reden.

„Ja, du hast recht damit, du warst mit deinen zwölf Jahren beileibe nicht dumm. Ganz im Gegenteil, du warst sehr aufgeweckt und hast uns damals sehr geholfen, vor allem beim Einkaufen. Im Haushalt hast du Oma sehr geholfen und ich fand es immer wieder schön, in dir eine aufmerksame und wissbegierige Gesprächspartnerin zu haben."

Rosmarie ist total überrascht, denn er fängt mit einem Lob an. Es wäre für Rosmarie sehr schön gewesen, wenn er auch nur einmal zu ihr als Kind sowas gesagt hätte. Danach hatte sie förmlich gegiert, aber es kam halt niemals über seine Lippen. Das höchste der Gefühle war manchmal ein „Rosilein" und das war's dann auch schon. Aber seine Unnahbarkeit war nicht nur auf sie beschränkt, denn auch seiner Frau gegenüber war er immer sehr reserviert gewesen. Plötzlich erinnert sie sich an ein völlig untypisches Verhalten von ihm, denn hin und wieder gab er seiner Frau einen kleinen Klaps auf den Po, wenn sie an ihm vorüberging und grinste dabei ganz schelmisch.

Das war für sie als Kind nicht richtig einzuordnen, denn irgendwie passte dieses Verhalten nicht zu dem seriösen, älteren Herrn.

Konstantin schreckt sie aus ihren Gedanken auf und fährt in seiner bedächtigen Art fort: „Du musst mir glauben, wir, also deine Großmutter und ich, haben uns diese Entscheidung wahrhaftig nicht leichtgemacht. Es war ein zähes Ringen, ob das richtig oder falsch ist, was wir tun. Deiner Großmutter hat es förmlich das Herz gebrochen. Und tatsächlich hat sie ja auch kurze Zeit danach ein Herzleiden bekommen und viele Jahre darunter gelitten. Obwohl es auch mir es sehr schwer fiel, konnte ich als verantwortungsbewusster Mensch nicht anders handeln. Ich musste diese für dich und auch für uns so schwerwiegende Entscheidung treffen. Wir hatten damals nur diese eine Chance und das große Glück, an Weihnachten einen Besuchsschein zu bekommen und in den Westen fahren zu dürfen. Es war in dieser Zeit absolut nicht einzuschätzen wie die politische Situation sich entwickeln würde und ob oder wann das wieder einmal möglich sein würde. Außerdem bedenke bitte unser hohes Alter, was natürlich auch eine große Rolle in unseren Überlegungen gespielt hat.

Was sollte denn mit dir geschehen, wenn wir gestorben oder pflegebedürftig geworden wären?

Da du keine weiteren Verwandten mehr in Leipzig hast, ja, noch nicht einmal in der DDR, wäre es bestimmt so gekommen, dass du in ein Heim gemusst hättest oder vielleicht zu Pflegeeltern. Und das hieß es, auf jeden Fall zu verhindern, denn dieses Schicksal wollten wir für dich auf keinen Fall haben. Deshalb waren wir der Meinung, dich besser nach Hannover zu Mutter und Tante zu bringen, denn dort schien es uns, bist du sicherlich besser aufgehoben."

Rosmarie kann nicht sofort darauf antworten, sie muss seine Worte erst einmal sacken lassen.

Sicher, vieles von dem was er gesagt hat, ist auch ihr bewusst und hatte sie sich in der Vergangenheit selbst zusammengereimt. Aber nun, da das von Großvater direkt und so ehrlich ausgesprochen wird, ist es schon noch was ganz Anderes. Sie sieht den alten Mann an, der leicht gebeugt und mit ausdrucksloser Miene ihr gegenübersitzt, überlegt eine kleine Weile, wie sie darauf reagieren soll und stellt tief in ihrem Inneren fest, dass alle Vorwürfe, die sie sich seit langer Zeit für diesen Moment aufgespart hatte, plötzlich ihren Sinn verloren haben. Es überwiegt das Verständnis für die alten Leute, die sich diese Entscheidung so schwergemacht hatten und sie spürt, das alles wurde aus großer Liebe zu ihr getan und keineswegs um ihr zu schaden. Spontan rückt sie auf seinen Nebensitz, umarmt ihn und drückt ihm ein Küsschen auf die Wange. Gerührt und etwas mit den Tränen kämpfend sagt sie zu ihm: „Opa, ich hab dich lieb. Ich danke dir für die ehrlichen Worte. Ihr habt es ganz bestimmt nur gut gemeint und ich denke, es war sicherlich richtig gewesen, auch wenn es damals sehr schmerzhaft für mich war. Nun steht das nicht mehr zwischen uns und ich denke, wir sollten jetzt an unsere gemeinsame Zukunft in Hannover denken, anstatt in der Vergangenheit zu wühlen."

Bevor er darauf antworten kann, geht die Tür auf und der Schaffner tritt ein.

„Fahrkartenkontrolle!"

Rosmarie kramt sie aus ihrer Handtasche, gibt sie ihm und nachdem er sie sich angesehen hat, sagt er: „Gut, Sie haben Platzkarten. Da wir bald an die Grenze zur BRD kommen, möchte ich Sie darauf hinweisen, dass Sie hier im Abteil während der Zugkontrolle bleiben müssen. Sind Sie denn alleine hier?"

Rosmarie will gerade antworten, da kommt auch schon die Familie aus dem Speisewagen zurück. Der Schaffner sieht sich die Fahrkarten an und belehrt sie ebenfalls, wie sie sich an der Grenze zu verhalten haben. Da auch sie Platzkarten besitzen, können sie im Abteil sitzenbleiben.

Nun ist es nicht nur laut geworden, sondern auch eng im Abteil und deshalb setzt sich Rosmarie wieder auf ihren Platz zurück. Offensichtlich hat ihre Aussprache auch Großvater gutgetan, da er nun sichtlich gelöster dreinschaut. Hin und wieder allerdings schaut er etwas missbilligend hinüber zu den sich zankenden Kindern.

Kurze Zeit später hält der Zug mit lauten Bremsgeräuschen am Grenzbahnhof Oebisfelde an.

Es ist schon ein beklemmendes Gefühl, wenn man aus dem Fenster schaut und man sieht, wie der ganze Zug umstellt ist von schwer bewaffneten Volksarmeesoldaten mit vielen Schäferhunden. Alle Menschen ohne Platzkarten mussten aussteigen und sie und ihr Reisegepäck werden gründlich durchsucht. Derweil nimmt sich ein ganzer Trupp den Zug selbst vor. Mit großen Spiegeln wird unter die Waggons gespäht und einige Männer klettern die Außenleitern hoch und sehen sich die Dächer der Wagen von oben an. Alle Abteile, die Toiletten und die Abstellkammern werden durchsucht und sogar in die Zwischenräume des Dachbodens spähen einige, um festzustellen, ob sich da nicht etwa Republikflüchtige versteckt hielten. Das Ganze dauert immerhin fast zwei Stunden und endlich können die Passagiere aufatmen, da der Zug ganz langsam wieder seine Fahrt in Richtung Westen aufnimmt.

Diese ganze, doch ziemlich furcheinflößende Prozedur, hat wohl die Kinder der Westfamilie sehr beeindruckt und es ist plötzlich sehr still im Abteil geworden.

Großvater Konstantin genießt die aufgekommene Ruhe und schaut aus dem Fenster. Es scheint ganz so, als wäre er mit seinen Gedanken weit weg, irgendwo in der Vergangenheit versunken. Als der Zug in Wolfsburg einläuft, zuckt er kurz zusammen und Rosmarie scheint es fast, als wolle er etwas sagen. Doch, er schweigt, weiter in sich gekehrt. Kurze Zeit später, als er das Ortsschild Braunschweig sieht, erhellt sich seine Miene und er wendet sich sichtlich erregt an seine Enkelin. „Rosi, schau, wir sind in Braunschweig! Hier ganz in der Nähe wohnt doch Lina."

„Ja, Opa, ich weiß, ist schade, aber leider können wir Tante Lina nicht besuchen. Der Zug hält hier nur ganz kurz zum Ein – und Aussteigen an. Ich hätte die Familie auch gerne mal wiedergesehen. Aber das holen wir bestimmt später nach", verspricht sie ihm.

„Weißt du eigentlich", fährt er fort, „ich war schon einmal vor vielen Jahren hier?"

Erstaunt sieht Rosmarie ihn an, denn sie kann kaum glauben, dass ihr Großvater seine älteste Tochter jemals besucht hätte. Das war niemals in der Familie Thema gewesen. Wenn, dann war es immer umgekehrt. Sie kam nach Leipzig zu Besuch, denn eine Ausreise war schon seit vielen Jahren sehr schwierig, ja, fast unmöglich und zumindest mit großen Problemen verbunden. Auf so eine Idee kam man damals nicht und außerdem fehlte auch das Geld dazu. Tante Lina kam eigentlich nur durch einen Zufall in den Westen, da sie als eine verheiratete Frau mit Kind bereits im Frühjahr 1946 aus Schlesien mit einem Transportzug deportiert wurde, der nicht nach Leipzig ging, sondern nach Braunschweig. Die Vertriebenen wurden ja nicht gefragt wohin sie wollten, sondern wurden je nach Gusto einfach in Waggons gesperrt und mit ungewissem Ziel wie Viehtransporte verladen. Großvater Konstantin und der Rest der Familie wurden erst später im Herbst vertrieben. Er war für Leipzig vorgesehen gewesen, um beim Wiederaufbau der völlig zerstörten Stadt als Maurer mitzuhelfen.

„Wann war das denn, als du sie besucht hast? Du hast uns nie davon erzählt."

Er schaut sie an, so, als müsste er überlegen, ob und was er erzählen soll. Dann aber sprudelt es nur so aus ihm heraus und Rosmarie spürt, wie erleichtert er sich dabei fühlt.

„Es war ein eisiger Winter 1946/1947, gerade in der Zeit, kurz bevor du geboren wurdest. Die Not war sehr, sehr groß und es herrschte Lebensmittelknappheit all überall. Wir waren in Leipzig einquartiert worden, ein Zimmer mit der Erlaubnis die Küche mit benutzen zu dürfen. Es gab kein Essen, keine Befeuerung und auch kein Geld. Dazu noch eine ganz miese, ja man kann schon sagen eine feindselige Vermieterin, die ganz offensichtlich mit dieser Einquartierung nicht einverstanden war. Tja, wer war das schon damals. Es herrschte halt überall sehr große Wohnungsnot, denn die wenigen Häuser, die die Bombenangriffe überlebt hatten, waren Mangelware. Deine Tante Anita mit ihrem Söhnchen Walter kam bei einer anderen Familie unter, nämlich bei der Familie Kurt Meister, wo Anita als Haushälterin angestellt wurde. Später, als Frau Meister verstorben war, dann auch einheiratete. Aber das ist jetzt nicht unser Thema. Jedenfalls war diese Frau Meister eine sehr großherzige Dame, die unsere Not sah und uns Hilfe in Form von Kartoffeln, Brot und Kohle schickte. Bald gab es dann für uns Lebensmittelmarken und wir dachten, nun wäre die ärgste Not vorüber. Doch leider weit gefehlt. Brot gab es drei Pfund für die ganze Woche, auch Kartoffeln, doch die waren durch die eisige Kälte alle erfroren und wirklich nicht mehr genießbar. Doch dann kam kurz vor Weihnachten, wie ein Segen vom Himmel, ein Paket von meiner Tochter Lina aus Braunschweig. Du kannst dir sicherlich die Freude darüber vorstellen. So mussten wir wenigstens an Weihnachten nicht Hunger leiden. Mir sind doch tatsächlich vor Rührung die Tränen über die Wangen gelaufen. Aber ansonsten waren die Zustände wahrhaft katastrophal. Da ja bald deine Geburt anstand, bemühten wir uns fieberhaft, eine andere etwas größere Unterkunft zu bekommen. Und tatsächlich, es klappte und wir konnten noch am Neujahrstag umziehen. War ja damals kein großes Problem mit einem Umzug. Bei den wenigen Habseligkeiten. Aber wieder war es nicht zum Aushalten. Wir kamen vom Regen in die Traufe. Jeden Tag gab es Ärger mit der Vermieterin wegen angeblich viel zu hohem Strom- und Gasverbrauch. Wir gingen Holzsammeln, um Gas zu sparen, aber auch damit war sie nicht zufrieden zu stellen. Auch das half nichts. Deine Großmutter kam oft weinend aus der

Gemeinschaftsküche, weil sie sie immer wieder drangsalierte. Hatten wir wirklich mal ein Stückchen Fleisch, dann wurde dieses im Aschekasten in unserem Stubenofen gebraten, um Ärger zu vermeiden. Normalerweise gab es jeden Tag immer nur Kartoffeln mit ein wenig Salz zu essen. Dann, am dritten Januar musste deine Mutter ins Krankenhaus und du kamst zur Welt."

Dabei sah er sie an und Rosmarie konnte erahnen, was das damals für die Familie bedeutet haben musste. In dieser Not nun auch noch ein kleines Baby zu versorgen.

Wie haben sie das nur geschafft?

„Du kannst dir vorstellen, wie mir zumute war", fuhr er fort, „die Not wurde immer größer. Tag und Nacht grübelte ich, wie es denn weitergehen sollte. Schließlich war ich das Familienoberhaupt und konnte nicht mit ansehen, wie meine Familie hungerte und unterging. Dann hatte ich Anfang Februar Glück, als ein Bekannter in den Westen umziehen durfte und er mir bei dieser Gelegenheit tatsächlich eine Genehmigung für eine Fahrkarte nach Nordhausen besorgen konnte. Diese Chance ließ ich mir nicht entgehen, hatte ich doch so eine Möglichkeit bekommen in den Westen weiterzureisen, mit Ziel Braunschweig, zu Lina. Da erhoffte ich mir Hilfe. Wie genau, nun, das konnte ich nicht beurteilen, immerhin war es wenigstens ein Hoffnungsschimmer.

Früh morgens um sieben Uhr sollte der Zug abfahren, doch die Lokomotive war kaputt. Das hieß erst einmal warten bis Ersatz kam. Endlich dann gegen Mittag ging es los, doch diese schaffte es leider nur bis Halle an der Saale. Hier mussten alle aussteigen und warten. Zwei Stunden später ging es dann endlich wieder weiter. Doch zu früh gefreut, denn in Sangershausen gab die Lok dann endgültig ihren Geist auf. Wir mussten alle in ein eiskaltes Bahnhofsgebäude gehen, was auch noch abgeschlossen wurde. Stunden später wurden wir aus der Kältekammer dann endlich befreit und die Fahrt nach Nordhausen konnte weitergehen. Solche Zustände kann man sich heute überhaupt nicht mehr vorstellen. Dagegen ist die jetzige Fahrt wie eine Luxusreise im Orient-Express."

Na, also, ich weiß nicht, denkt Rosmarie und lächelt über diesen Vergleich. Diesen alten Reichsbahnwaggon des Interzonenzuges mit dem Orient-Express gleichzusetzen, ist schon ein wenig weit hergeholt. Erst vor kurzem hatte sie den Film „Mord im Orient-Express" gesehen und die glamouröse Ausstattung dieses Zuges bewundert. Da ihr Großvater einen kleinen Moment innehält, bemerkt sie, dass es im Abteil außergewöhnlich ruhig ist und deshalb schaut sie sich um. Die Westfamilie beschäftigt nicht mehr nur mit sich selbst, sondern alle, auch die Kinder, hängen an den Lippen von Opa Konstantin und lauschen seiner Erzählung. Ja, mein Großvater, der hat schon was, denn ihr ging es in ihrer Kindheit schließlich nicht anders, als ihm begierig zuzuhören.

Plötzlich sagt das kleine, ungefähr vierjährige Mädchen: „Mama, wie spricht denn der Mann? Ist das englisch?"

Alle im Abteil fangen an zu lachen. Selbst Konstantin, der im ersten Moment nicht recht versteht was gemeint ist, stimmt mit ein. Für die Kleine muss der völlig ungewohnte schlesische Dialekt bestimmt wie eine Fremdsprache klingen. Nachdem sie von den Eltern aufgeklärt wurde, fährt Großvater mit seiner Geschichte fort: „Jedenfalls war ich erst einmal froh in Nordhausen angekommen zu sein. Doch die Freude währte nicht lange, denn als ich erfuhr, dass der Anschlusszug nach Ellrich bereits weg war, war mir klar, was das bedeutete, nämlich warten, warten und noch mal warten. Es wurden über acht Stunden daraus und ich hatte nicht einen Krümel mehr zu essen. Mein Magen knurrte so laut, dass sogar die Mitreisenden darauf aufmerksam wurden und mich von der Seite her ansahen. Neben mir saß eine alte Frau, die aus ihrem Korb ein paar Schnitten holte. Als sie mich Hungerleider sah, hatte sie Erbarmen und verkaufte mir eine. Eigentlich hätte das meine Reisekasse nicht hergegeben; denn ich musste sage und schreibe eine Mark dafür hinlegen, doch der Hunger hatte gesiegt. Inzwischen war es Abend geworden und wir erreichten endlich die Grenze. Damals war es noch relativ einfach in den Westen zu kommen und die Grenzkontrollen waren sehr lasch, jedenfalls lange nicht so wie wir es heute erlebt haben mit diesem ganzen Brimborium der Vopos mit Hundestaffel." Dabei schüttelt er sein mit schlohweißem Haar bedecktes Haupt und sein prächtiger Schnurrbart wackelt hin und her.

„Ne, ne, ist schon eine komische Zeit heute.

Aber, lassen wir das. Fahren wir fort.

Leider mussten wir dort alle den Zug verlassen und nun ging es zu Fuß weiter bergauf und bergab bis Walkenried. Und das in der Dunkelheit und bei ganz miesem Wetter. Ihr könnt euch sicher vorstellen, wie froh wir waren, als wir endlich wieder in einem Zug saßen und dann über Northeim nach Kreiensen fuhren. Wieder hieß es aussteigen und im Wartesaal übernachten, da der Zug nach Braunschweig erst am nächsten Morgen um fünf Uhr abfuhr. Endlich in Braunschweig angekommen, fragte ich mich durch nach dem Weg zum Ortsteil Thune, wo meine Tochter mit ihrer Familie wohnte. Das war noch ein schönes Stück bis dahin. Nun, ausgerechnet war es Sonntag und keine Verkehrsmittel fuhren. Das hieß für mich, wieder zu Fuß weitermarschieren und das bei eisigem Wind und Schneefall. Ganze drei Stunden dauerte der Marsch durch die widrigen Wetterverhältnisse und endlich kam ich mittags gegen zwölf Uhr an. Als die Haustür aufging, war die Familie völlig überrascht mich zu sehen, denn angekündigt war ich ja nicht und da ich auch noch von oben bis unten schneebedeckt, meine Haare und Bart vereist waren, hatten sie mich erst gar nicht erkannt. Doch dann war die Freude groß und alle begrüßten mich überschwänglich, hatten wir uns schon sehr lange nicht mehr gesehen. Obwohl bei ihnen auch Schmalhans Küchenmeister war und auch sie von fast verfrorenen Kartoffeln leben mussten und es für das Brot ebenfalls Lebensmittelmarken gab, nahmen sie mich eine Zeit lang auf. Bald hatte ich genügend Lebensmittel beisammen und konnte mit gefülltem Rucksack wieder den Rückweg zu meinen Liebsten antreten. Ich kann euch sagen, nur wer in diesen Zeiten mal über die Zonengrenze gewandert ist, kann sich eine Vorstellung davonmachen, was eine Völkerwanderung wirklich bedeutet."

„Oh, schaut, wir sind gleich da", unterbricht Rosmarie Großvater Konstantins Erzählungen und alle blicken aus dem Fenster.

Der Zug ist zusehends langsamer geworden und rollt nun gemächlich in den Bahnhof Hannover ein. Rosmarie ist erleichtert, dass die Zeit durch Großvaters Geschichten so schnell vergangen ist und sie dadurch von ihren Sorgen abgelenkt wurde, doch nun kommen sie wieder hoch. Alle stehen auf, nehmen ihr Gepäck herunter und sie steht, kurz bevor der Zug anhält, am Fenster und schaut mit bangem Blick auf den Bahnsteig, in der Hoffnung ihre Familienangehörigen zu erspähen. Doch kein bekanntes Gesicht ist unter den Wartenden zu sehen. Ihre Befürchtungen scheinen sich zu bestätigen. Sie steigen aus, verabschieden sich von der mitreisenden Familie, die wider Erwarten eigentlich doch sehr nett und freundlich sind.

Sie gehen mit ihren schweren Koffern in Richtung Ausgang und plötzlich hören sie laute Rufe. Ja, tatsächlich, sie sind gemeint, denn von der Treppe her stürzen ihre Mutter, Tante Anita und ihr Mann Kurt auf sie zu. Welch eine herzliche Begrüßung!

Besonders erfreut sind sie, dass auch der Schwiegersohn Kurt mitgekommen ist und sie herzlich begrüßt. Offensichtlich hatte er wohl keine Einwände geltend gemacht. Rosmarie fällt ein Stein vom Herzen. Großvater Konstantin ist sehr gerührt, als seine beiden Töchter ihn umarmen und rechts und links einen Begrüßungskuss geben.

Auf Tante Anita war eben Verlass, denkt sich Rosmarie.

5. Kapitel

Da ihr Sohn Walter vor kurzem geheiratet hatte und in eine eigene Wohnung umgezogen war, überlässt die Familie Meister Großvater Konstantin dessen Jugendzimmer in ihrem Haus. Er fühlt sich offenbar auch gleich sehr wohl und ist sehr dankbar über die freundliche Aufnahme in die Hausgemeinschaft.

Nach dem gemeinsam eingenommenen Essen im Speisesaal gehen sie in das Wohnzimmer und machen es sich gemütlich. Konstantin steckt sich seine Meerschaumpfeife an und Kurt raucht eine dicke Zigarre. Natürlich gibt es viel zu erzählen, doch Großvater hält sich merklich zurück und lässt Rosmarie von den Erlebnissen in Leipzig und von der Zugreise berichten.

Nach dem Genuss eines Verdauungsschnäpschens hat Konstantin das Bedürfnis sich ein wenig auszuruhen und steigt die Treppe hinauf in sein neues Zimmer. Rosmarie geht mit und hilft ihm beim Auspacken seiner recht spärlichen Habseligkeiten. Plötzlich stutzt sie, als sie ein altes, ziemlich zerschlissenes Büchlein in die Hand bekommt.

„Opa, wo soll ich dir das denn hinlegen?", fragt sie ihn, ohne hineinzusehen. Sie vermutet, da ihr Großvater seine recht stattliche Büchersammlung in Leipzig zurückgelassen und Fräulein Stockmann geschenkt hatte, dass es sich bei diesem Buch wohl um etwas Wertvolles und bestimmt auch um etwas Persönliches handeln musste.

Er reagierte kaum darauf und meinte nur dazu: „„Ach, weißt du, Rosi, warum habe ich den Kram eigentlich mitgenommen? Ich weiß auch nicht. Am besten du wirfst es einfach weg. Das interessiert doch sowieso niemanden."

„Was ist das denn überhaupt für ein Buch? Darf ich da mal reinschauen?"

„Sicher, kannst du das."

Sie schlägt die erste Seite auf und war zunächst ziemlich

enttäuscht, denn sie kann es kaum entziffern, was darin geschrieben steht. Alles ist zwar in wunderbar sauberer Handschrift geschrieben, doch leider in Sütterlin. Und wer kann das denn heute noch lesen? Nur die Überschrift versteht sie, nämlich **„Meine Jugenderinnerungen".**

„Hast du das geschrieben?", fragt sie ihn.

„Ja, ist von mir."

„Das finde ich aber toll. Du hast deine Memoiren geschrieben?"

„Ach, jetzt geh, Memoiren. Was für eine Übertreibung. Ich bin doch nur ein völlig unbedeutender Mensch vom Lande. Da stehen lediglich ein paar Geschichten aus meinem Leben drin. Für Außenstehende ist das bestimmt absolut uninteressant."

„Wie kannst du nur so was sagen. Und das soll ich wegwerfen? Das werde ich ganz bestimmt nicht tun."

„Na gut, wenn du meinst, damit was anzufangen. Dann nimm es halt mit. Ich brauche es jedenfalls nicht mehr."

Und damit ist die Sache auch für ihn erledigt.

Rosmarie beeilt sich mit dem Verstauen seiner Kleidungsstücke, da sie bemerkt, wie müde er ist und nun gerne alleine wäre, um sich auszuruhen. Sie klemmt sich die alte Kladde unter den Arm, verabschiedet sich von ihm und verspricht ihn baldmöglichst zu besuchen.

Sie geht die Treppe hinunter und schaut ins Wohnzimmer nach den anderen, doch nur Onkel Kurt kann sie entdecken, der in seinem Sessel eingenickt ist. In der Küche hört sie Geschirr klappern, geht hinein und sieht, wie ihre Tante Anita mit dem Abwasch beschäftigt ist.

„Hallo, Tantchen, Opa hat sich hingelegt und Onkel Kurt hat es sich auch gemütlich gemacht. Und du bist natürlich wie immer unermüdlich. Wo ist denn eigentlich Mutter?"

„Ach, Rosi, ja, deine Mutter. Nun, sie ist schon gegangen. Hat wieder mal keine Zeit, weil sie so viel zu tun hat."

„Ohne sich zu verabschieden? Ist ja wieder mal typisch für sie. Aber gut, wir kennen sie ja. Du, schau mal, was ich bei Opa gefunden habe."

Sie zeigt ihr das alte Notizbuch und ihre Tante sieht es sich an.

„Ah, das kenne ich. Seine Aufzeichnungen. Hat er dir das denn gegeben?"

„Ja, er meinte, man könne das ruhig entsorgen, weil es nichts Wichtiges enthalten würde. Ich glaube das aber nicht und wäre froh, wenn ich es lesen könnte. Leider reichen aber meine Kenntnisse in Sütterlinschrift dazu nicht aus. Kannst du das denn noch lesen?"

„Ja, klar kann ich das. Wir mussten diese Schrift noch in der Schule lernen. Nur, verstehen kann ich nicht, dass er sich davon trennt. Das war schließlich eine Heidenarbeit für ihn. Und nun ist ihm das völlig egal? Daran merke ich, dass er wirklich alt geworden ist."

Rosmarie nimmt sich ein Küchentuch und hilft mit beim Abtrocknen.

„Warum hat Opa das alles eigentlich niedergeschrieben? Weißt du mehr darüber?"

„Ich kann mich noch gut daran erinnern. Ich wohnte ja damals in Leipzig nicht weit entfernt von euch und kam deshalb sehr oft zu Besuch. Eines Abends saßen wir alle im gemütlichen Wohnzimmer zusammen und natürlich war Fräulein Stockmann auch zugegen. Sie gehörte ja fast schon zur Familie, ganz besonders nachdem ihre Eltern so kurz nacheinander verstorben waren. Du weißt ja auch, sie fühlte sich sehr zu den Großeltern hingezogen, ja, ich glaube, dass sie sie wie einen Ersatz für ihre eigenen Eltern betrachtete. Dein Opa klagte, vor allem in den Wintermonaten, über Langeweile. Er wusste einfach nichts mit sich anzufangen, denn du weißt ja, wir hatten weder ein Radio oder ganz zu schweigen einen Fernseher. Da ergriff Fräulein Stockmann das Wort in ihrer typischen Lehrerinnenart und gab ihm den Rat, doch mal sein langes Leben zu überdenken und wenn er dazu Lust verspüre, einfach alles niederzuschreiben. Nun, dieser Gedanke hat ihm wohl ganz gut gefallen und bald darauf fing er an zu schreiben. Jetzt hatte er eine sinnvolle Beschäftigung gefunden und war sichtlich zufrieden damit. Und dann hat er es auch noch in so einer wunderschönen Handschrift geschrieben, wie du siehst. Ich finde es schon sehr bemerkenswert, denn man sollte nicht vergessen, dass er in einem weit abgelegenen Dörfchen in Schlesien groß geworden ist und noch dazu den Beruf eines Schmieds hatte und nicht etwa den eines Schullehrers oder Pastors."

Nachdem sie mit dem Abwasch fertig sind, setzen sich die beiden an den Küchentisch und gönnen sich eine Tasse Kaffee. Dabei schauen sie sich gemeinsam die leicht vergilbten Seiten im Buch an und Tante Anita liest laut ein paar Stellen daraus vor.

„Also, Rosi", sagt die Tante, „du hast völlig recht, man kann das unmöglich wegwerfen. Ich finde auch, es ist wert ist, es für die kommenden Generationen aufzubewahren. Weißt du was, lass es einfach hier und ich werde es, soweit es mir die Zeit erlaubt, mit der Schreibmaschine abtippen, damit es jeder lesen kann. Ich gebe dir das Büchlein dann gerne wieder zurück, denn du wirst es bestimmt in Ehren halten."

Rosmarie ist begeistert und freut sich sehr, dass ihre Tante diese Aufgabe übernehmen wollte.

6. Kapitel

Ein paar Wochen später anlässlich eines ihrer vielen Besuche bei ihrem Großvater übergibt ihr Tante Anita das Original und die mit Schreibmaschine übersetzte Abschrift.

Kaum zuhause angekommen macht Rosmarie es sich bei einer Tasse Tee auf dem Sofa gemütlich. Gespannt und neugierig nimmt sie das Manuskript zur Hand und beginnt zu lesen:

Meine Jugenderinnerungen!

Vorab muss ich erklären, warum ich diese Aufzeichnungen nicht in der Ichform schreibe. Es ist mir zu intim über meine eigenen Gefühle und Emotionen zu berichten. Deshalb schreibe ich lieber in der dritten Person.

Schlesischer Alltag

Man schrieb das Jahr **1872.**

Josefa Grünwald geb. Volkmer und Ehefrau von Stefan Grünwald, brachte am 13. Oktober des Jahres (es könnte evtl. auch der 11. oder 12. Oktober gewesen sein. So genau nahm man das damals nicht) in dem kleinen Dorf Neugersdorf, ihr viertes Kind Konstantin zur Welt.

Neugersdorf ist ein in Mittelschlesien, Kreis Habelschwerdt, gelegener idyllischer Ort, damals nahe der österreichischen Grenze. Die nächstgrößere Stadt ist Bad Landeck. Zu Fuß über den Berg, es war die kürzeste Strecke und die gängigste Fortbewegung brauchte man bis dorthin ca. 2 Stunden. Breslau oder Gleiwitz waren für die einfache Dorfbevölkerung so weit entfernt, dass kaum jemand diese Städte je zu Gesicht bekam.

Es war ein sehr armes und entbehrungsreiches Leben, welches Konstantin, zuletzt mit den noch neun Geschwistern, Josef – Stefan – Caroline – (*Konstantin*) - Franz – Fritz – Berta – Auguste – Anna – und Marie, teilen musste.

Die Familie besaß gewöhnlich zwei Kühe, eine Ziege, ein Kalb und ein Schwein, ein paar Hühner und etwas Landwirtschaft. Dort wurde Roggen, Hafer mit Gerste vermischt und Kartoffeln angebaut.

Die Kühe waren in erster Linie die Milch- und Butterlieferanten, ebenso die Ziege. Das Schwein wurde zum Festtagsbraten, von den Hühnern nutzte man hauptsächlich die Eier und das Kalb wurde für Notfälle und Engpässe großgezogen.

Kartoffeln und Brot waren das Hauptnahrungsmittel der zwölfköpfigen Familie, was man nicht gerade als abwechslungsreich betrachten konnte.

Der Speiseplan sah somit Tag für Tag ähnlich aus.

Zum Frühstück Wassersuppe, d.h. hartes, in Stückchen geschnittenes Brot wurde mit kochendem Wasser übergossen und zugedeckt fünfzehn Minuten stehen gelassen. Wenn man hatte, wurde noch ausgelassene braune Butter darüber gegeben. Was, wie Konstantin oft zu sagen pflegte, d*en Geschmack erhöhte*. Das Mittagessen bestand meistens aus einem Eier- oder Kartoffelgericht, welches mit der „Einbrenntunke", flüssige Butter mit Mehl vermischt und mit Milch oder Wasser abgelöscht, evtl. noch mit Senf oder Kräutern abgeschmeckt, abgerundet wurde. Abends wurden die Reste vom Tage verzehrt oder wieder ähnliches hergerichtet. Fleisch war eine absolute Seltenheit und wurde nur an Festtagen oder zu besonderen Anlässen serviert. Meist nur zweimal im Jahr.

Zur Erntezeit wurde die Frucht mit der Schubkarre eingefahren. Von dem Landstück an der österreichischen-schlesischen Grenze, es war das weit entfernteste bewirtschaftete Land und sehr steil, wurde alles mit dem Schlitten eingeholt. Doch bevor man die Frucht einfahren konnte, musste sie erst einmal geerntet werden, was überwiegend mit der Sense geschah. Gab es jedoch viel Wind, Regen und Unwetter musste alles mühevoll und zeitraubend mit der Sichel geschnitten werden. Für Konstantin war das nicht einmal schwerste Arbeit, sondern sie war für ihn einfach nur langweilig. Er mochte die Kartoffelernte am liebsten. Die Kartoffeln waren immer gut geraten und schnell geerntet.

War die Feldarbeit getan und alles abgeerntet, ging das Dreschen mit den Flegeln los. Morgens um vier Uhr hieß es, antreten in der Scheune. Die Eltern und noch vier Geschwister, es mussten immer sechs Köpfe sein, schlugen den Flegel. Doch wehe einer war nicht im Takt oder passte nicht auf, schon gab es eine Kopfnuss. Viele dieser Nüsse steckten die Kinder ein, bis sie es richtig konnten.

Waren die Kinder in der Schule, reinigte Vater Stefan das Getreide mit einer Wurfschaufel.

Zwischendurch musste dann auch noch das Stroh gebunden werden, dieses aber ordentlich und bei einer Beleuchtung, wo die Flamme so groß wie eine Schieferspitze war, ansonsten gab es wieder Kopfnüsse.

Das Getreide wurde von dem ortsansässigen Müller unter Aufsicht von Vater Stefan, zu drei Teilen Hafer-Gerste-Gemisch und einem Teil Roggen gemahlen. Mutter Josefas Aufgabe war es dann, daraus ein köstliches Brot zu backen und evtl. zu Festtagen auch mal einen Kuchen mit in den Ofen zu schieben.

Obwohl das viele Anziehen ja nur *„eine dumme Angewohnheit ist"* wurde trotzdem auch Kleidung benötigt, für zwölf Personen war das schon eine ganze Menge. Aus diesem Grund wurde jedes Jahr aufs Neue Lein angebaut. Dieser wurde mit viel Aufwand geröstet, gedörrt und gesponnen. Der gesponnene Flachs wurde dann von Nachbarn, welche einen Webstuhl besaßen, zu Leinen gewebt. Aus diesem Leinen, nicht zu vergleichen mit unserem heutigen, nähte man sämtliche Kleidungsstücke, von der Unterhose bis zur Jacke, was sich nicht gerade angenehm an den Körper schmiegte. Selbstverständlich war es auch, dass die kleineren Geschwister die Kleidungsstücke von den Großen auftragen mussten. War etwas kaputtgegangen, wurde es geflickt oder aus den alten Teilen etwas Neues geschneidert.

Noch schlimmer war es mit den Schuhen. Vater Stefan nahm, sobald es Frühjahr wurde, den Kindern die Schuhe weg und schloss sie ein, denn sie mussten geschont werden. Die ganzen Sommermonate mussten die Kinder barfuß laufen und erst wenn es Herbst wurde und der erste Schnee kam, bekamen sie die Schuhe wieder zurück. War es morgens auf dem Schulweg schon gefroren, hatte man nur die Möglichkeit so schnell zu laufen wie man konnte, um sich dann in der Schule die Füße warm zu reiben. Kam der Frost schon früh im Herbst, litt man unendliche Qualen. Konstantin bekam im Herbst dann gewöhnlich die Schuhe von seiner älteren Schwester Caroline, welche natürlich nie so richtig passten, doch war es besser so, als überhaupt keine zu haben.

Es wurde Winter, der Monat Dezember nahte und es war alles was mit Feldarbeit zu tun hatte unter Dach und Fach. Doch diese Jahreszeit war nicht zum Faulenzen und Ausruhen da, denn das Geld war knapp und eine neue Arbeit musste in Angriff genommen werden, nämlich das Streichholzschachteln machen.

Dazu benötigte man an Werkzeugen eine Hobelbank mit den passenden Hobeln, 2 Locheisen, gutes altes Bauholz, Quarkleim und Sand.
Täglich mussten 2000 Schachteln fertig gestellt werden, eher gab es keinen Feierabend und so kam niemand ins Bett bevor das alles geschafft und aufgeräumt war. Für 1000 Schachteln gab es 80 Pfennige, kam an den Schachtelboden noch Sand, für die Reißfläche, gab es für 1000 Stück 10 Pfennige mehr.
Die fertigen Schachteln wurden zu Fuß mit dem Handwagen in eine Fabrik nach Reichenstein und Patschkau gefahren, wofür es noch einen extra Fuhrlohn gab.
Bis Patschkau war man ca. fünfzehn Stunden unterwegs. Morgens um vier Uhr ging es los und wenn alles gut klappte war man gegen neunzehn Uhr an Ort und Stelle. Bei der Fahrt über den Jauersberg wurde vor Ort ein Mann zusätzlich gemietet, welcher für zwei Stunden half den beladenen Wagen mit über die steile Anhöhe zu bringen. Für seine Dienste bekam er 60 Pfennige Lohn und konnte dann wieder zurückgehen. Die

Heimfahrt mit dem leeren Wagen ging dann über Jauernick, welches österreichisches Gebiet war. Durch diesen kurzen Grenzübertritt; die Grenze wurde nicht sonderlich überwacht, konnte man eine große Wegstrecke abschneiden und war schneller wieder zuhause.

Jedes Jahr verlief wie das andere. An der Arbeit änderte sich nicht viel. Neue Geschwister wurden geboren. Zum Lachen gab es selten Gelegenheit. Die Kinder kannten fast nur Gehorsam, Disziplin und viel Arbeit.

Kindheit

Die Bezeichnungen Spiel, Sport und Freizeit kannte man damals nicht. Arbeit gab es viel und die Not und der Hunger war groß. So musste jedes Kind schon früh lernen bestimmte Arbeiten gewissenhaft zu erledigen. Konstantin als viertes Kind von zehn Geschwistern war somit nichts Außergewöhnliches mehr. Er wuchs heran, einfach so nebenbei und irgendwann merkte man auch, dass er zu etwas nützlich war.
Die 25 Morgen Land der Familie waren alles andere als fruchtbar, es war ein sehr steiles und steiniges Stück Land. Der Graswuchs war spärlich und dadurch das Futter und Heu für das Vieh sehr knapp. Aus diesem Grund mussten die Kühe jeden Tag auf die Weide getrieben werden. Dafür war Konstantin, mit seinen sieben Jahren nun groß genug. So wurde es seine Aufgabe die Kühe zu hüten, was für ihn sicherlich Schwerstarbeit war.
Doch bald kam die Zeit für die Einschulung und Schulpflicht gab es in einem gewissen Maße schon damals. Die Schule war in zwei Klassen aufgeteilt, davon war eine die Unterstufe, für die jüngeren Jahrgänge und eine die Oberstufe, für die älteren. Die jüngeren Jahrgänge hatten Unterricht von dreizehn Uhr bis fünfzehn Uhr, natürlich ohne Pause und die älteren von acht Uhr bis zwölf Uhr.

Unterricht wurde von ein und demselben Lehrer erteilt. Er war eben alles, Grundschullehrer, Oberschullehrer, Direktor, sowie es gerade benötigt wurde.

Für Konstantin wurde es eine noch schwierigere Zeit, denn nun musste er morgens die Kühe hüten und nachmittags in die Schule gehen. Trotzdem war er immer noch zu Streichen aufgelegt, was zur Folge hatte, dass er regelmäßig vom Lehrer den Allerwertesten versohlt bekam und seine Klassenkameraden unter Gelächter daran Anteil nahmen. Nicht etwa aus Schadenfreude, sondern wegen seines Schulranzens oder besser gesagt wegen seines Leinwandsackes, welcher dem Lehrer beim Ausüben seiner Bestrafung in die Quere kam, da ihn Konstantin immer umhängen hatte und nie ablegte.

Gerechnet und geschrieben wurde auf einer Schiefertafel. Doch ein neuer Stift dafür war teuer, einen Pfennig kostete er und dafür bekam er kein Geld. Also wurde von anderen Mitschülern die abgeschriebenen Stückchen „geschachert" (erbettelt oder auch getauscht) und in einen Federkiel gesteckt.

Hatte man zwei Jahre Schule hinter sich, stand die Versetzung zur Oberstufe an. Geprüft wurde im Kopfrechnen. Konnte man dieses, wurde man versetzt, wenn nicht, musste man noch ein weiteres Jahr in der Unterstufe bleiben.

Zum Leidwesen seiner Eltern war Konstantin ein helles Köpfchen und auch bekannt dafür.

Da die ersten drei Geschwister schon vormittags in der Oberstufe zur Schule gingen und somit keiner die Kühe hüten konnte, falls er versetzt wurde, sollte er sich auf Anordnung seines Vaters dumm stellen und falsche Antworten geben, was er natürlich aus Angst befolgte. Doch sein Lehrer durchschaute die Geschichte, hatte daraufhin mit seinem Vater eine handfeste Auseinandersetzung und er selbst bekam obendrein von seinem Lehrer drei Schläge mit dem Rohrstock auf seine Hände und somit war die Versetzung vollzogen.

Doch nun war noch mehr Arbeit angesagt. Morgens um vier Uhr

aufstehen und wenn er Glück hatte, konnte er dann endlich um neun Uhr abends schlafen gehen.

Für ein heutiges Kind unvorstellbar, doch die Not und die damalige Zeit forderten es so.

Sein ältester Bruder Josef kam, nachdem er die Schule beendet hatte, nach Bad Landeck, um das Handwerk des Klempnermeisters zu erlernen. Die Wäsche, welche er benötigte, musste jede Woche geholt und wieder zurückgebracht werden, was natürlich wieder einmal die Aufgabe von Konstantin wurde. Auf einem dieser Wege im Herbst überraschte ihn ein Eisregen. Die *Schlosen* (Eiskörner) lagen armdick auf der Straße, er rannte was das Zeug hielt. Die Leute die ihm begegneten, schlugen die Hände über dem Kopf zusammen, als sie seine nackten Füße sahen. Ein Junge wollte ihm sogar seine Schuhe geben, doch leider waren diese zu klein. Grün und blau gefroren erreichte er trotzdem, ansonsten zum Glück unbeschadet, sein Zuhause.

1884 kam dann der zweitälteste Bruder aus der Schule und ging gleich zu einem Stellmacher in die Lehre. Somit war Konstantin nun der älteste Sohn im Haus. Zwölfjährig war er verantwortlich für die Feldarbeit. Er hatte große Mühe an dem steilen Hang den Pflug mit den Kühen zu halten und fürchtete oftmals dabei abzustürzen. Doch diese Arbeit, obwohl sehr kräftezehrend, machte ihm Spaß und er verrichtete sie gerne.

Am 1.10.1886 kam er mit noch weiteren zwölf Knaben und zwei Mädchen aus der Schule. Den Winter über musste er zuhause bleiben und dort die anfallenden Arbeiten verrichten. Gerne hätte er mit den anderen Kindern auch mal im Schnee getollt und einen Schneemann gebaut, doch dieses war vom gestrengen Vater untersagt worden und so konnte er nur im Eiltempo bei erforderlichen Botengängen an den anderen Kindern vorbeilaufen und nicht einmal zur Seite schauen, denn Vater

Stefan hielt auch die Zeit seiner Botengänge fest. Kam er nicht schnell genug nach Hause, gab es wieder Prügel.

Die einzige Freude bei seinen Besorgungen waren die Kleinigkeiten, die ihm von den Leuten heimlich zugesteckt wurden, denn alle wussten wie streng Vater Stefan war.

Im Frühjahr 1887 musste Konstantin *auf Kultur,* zum Arbeitseinsatz gehen. Dort wurden auf den großen Waldflächen, wo die Bäume schon gerodet waren, neue Pflanzlöcher gehackt und kleine Fichten gepflanzt. Für ihn als Vierzehnjährigen bedeutete es morgens um fünf Uhr aufstehen, eine Stunde Fußweg, um sechs Uhr beim Förster sein, den ganzen Tag arbeiten und eine Stunde Fußweg zurück. Dafür gab es dann einen Lohn von fünfzig Pfennigen pro Tag, welcher natürlich beim Vater abgeliefert werden musste. Zuhause angekommen war aber noch kein Feierabend angesagt, denn auf den Feldern mussten noch die Steine *geklaubt* (gelesen) werden. Oft konnte er kaum noch vor Schmerzen stehen, doch dieses wurde ihm dann obendrein noch als Faulheit ausgelegt.

Lustige Episoden aus seiner Kindheit gibt es so gut wie keine. Wahrscheinlich war die folgende eine der wenigen, an welche er sich immer wieder erinnerte.
Die Eltern gingen eines Tages zu Besuch in das Nachbardorf und die Kinder waren allein Zuhause. Zu Freunden gehen oder draußen spielen war untersagt. So entstand von einem der Kinder der Wunsch, doch einmal Kaffee zu trinken, den es nie im Elternhaus gab. Die Idee fanden alle gut und so suchte jeder sein Vermögen zusammen. Zehn Pfennige war die Ausbeute und dieses reichte für etwas Kaffee und sogar ein bisschen Zucker. Unter Geheimhaltung wurden im Laden schnell diese Köstlichkeiten gekauft und die älteste Schwester musste ihn kochen.
„Er war gut geraten und schmeckte herrlich!"

7. Kapitel

Unvermittelt wird Rosmarie aus dem Lesen herausgerissen. Plötzlich, polternd wie immer, öffnet ihre Mutter die Tür und kommt herein.

„Was liegst du denn hier so faul auf dem Sofa herum! Gibt es etwa nichts zu tun?", schnauzt sie sie an.

Erschrocken springt Rosmarie auf, das Heft fällt ihr auf den Fußboden. Sie will sich gerade, wie gewohnt, bei ihrer Mutter dafür entschuldigen,

doch diesmal kann sie es nicht. Sie erträgt es einfach nicht mehr länger, wie ihre Mutter sie behandelt.

Es ist vorbei, denkt sie trotzig. Ich lasse mir das nicht mehr länger bieten. Ich bin jetzt volljährig!

„Mutter, es reicht jetzt!", entgegnet sie ihr. „Lange genug habe ich es hingenommen, dass du mich behandelst wie Aschenputtel. Die Zeiten sind endgültig vorbei."

„Was fällt dir ein, du freche Kröte!", geifert sie, stürzt näher und gibt ihr eine saftige Ohrfeige.

„Wie sprichst du denn mit deiner Mutter! Ich werde dir Anstand beibringen! Und jetzt, ab in die Küche das Essen vorbereiten. In der Zwischenzeit kontrolliere ich, ob du auch Staub gewischt hast."

Dabei fährt sie mit dem Finger über die Anrichte und sieht sich missbilligend den so gut wie nicht vorhandenen Staub darauf an.

„Nennst du das etwa sauber?"

„Mutter? Du bezeichnest dich als Mutter? Das ist eine Verhöhnung aller anderen Mütter, die sich so nennen dürfen", fährt Rosmarie sie mit hochrotem Kopf und leicht geschwollener Wange an. „Eine Mutter, die ihr Kind einfach zurücklässt und bei den Großeltern ablädt, nur um sich ein schönes Leben im „goldenen Westen" zu machen? Das soll eine Mutter sein!? Nein, bestimmt nicht."

Mit sich überschlagender Stimme schreit sie Rosmarie an: „Was erlaubst du dir, du, du. Ach, ich weiß nicht, wie ich dich nennen soll? Du bist ein undankbares Ding! Ich habe es überhaupt nicht nötig, mich vor dir zu rechtfertigen."

„Das solltest du aber. Hast du denn eine Rechtfertigung für dein Verhalten? Aber nicht alleine, dass du mich im Kleinkindalter im Stich gelassen hast, du bist mir bis heute schuldig geblieben, wer eigentlich mein Vater ist. Ich denke, es ist jetzt an der Zeit, mir endlich die Wahrheit zu sagen. Schließlich bin ich nun volljährig und kann eine Antwort verlangen."

„Nein, diese Undankbarkeit", fährt ihre Mutter auf einmal in einem Jammerton fort und setzt sich hin, kopfschüttelnd.

„Was habe ich nicht alles für dich und die Großeltern getan. Habe von morgens bis spät abends, ja sogar oft auch sonntags, geschuftet, nur, damit ich euch unterstützen konnte und immer wieder habe ich Pakete geschickt. Aber das alles zählt ja nicht. Obendrein werden mir noch Vorwürfe gemacht."

„Ja, ja, die übliche Leier. Ich kann es nicht mehr länger hören. Du bist nur aus der DDR geflüchtet um uns zu helfen. Sag mal, glaubst du zwischenzeitlich eigentlich selbst an diese Lügengeschichte? Aber, du schweifst wieder einmal gekonnt ab. Was ist denn nun mit meinem Vater? Wer ist es und wo lebt er? Ist er vielleicht schon gestorben? Ich habe ein Recht darauf, endlich was darüber zu erfahren."

Doch sie bleibt stumm. Stumm wie immer, wenn ihre Tochter von diesem Thema anfängt.

Was war nur geschehen, 1946 in dem kleinen schlesischen Dorf? Niemand aus der Familie spricht darüber. Egal wen Rosmarie anspricht, immer nur ein betretenes Schweigen. Man musste den Eindruck haben, dass ein Familiengeheimnis unter allen Umständen gewahrt werden soll.

Es waren total chaotische Zeiten, damals. Kurz vor Ende des Krieges im Mai 1945 zogen ausgemergelte, total desillusionierte, vom Feind geschlagene deutsche Soldaten auf dem Rückzug von

Russland durch das Dorf, warfen ihre Waffen und Uniformen in den Gebirgsbach, freuten sich über geschenkte Zivilkleidung, etwas zu Essen von der Dorfbevölkerung und zogen umgehend weiter. Schon einen Tag später kamen die ersten Russen in ihren Panjewagen, raubten und vergewaltigten. Zum Glück blieben sie nicht lange und alle Dorfbewohner waren sehr erleichtert, als sie bald weiterzogen. In ihrem Tross erschienen kurze Zeit danach die ersten Polen, die wie selbstverständlich alles, aber auch wirklich alles, was der deutschen Bevölkerung gehörte, in Besitz nahmen. Um an die Verstecke der vermuteten Wertgegenstände zu gelangen war ihnen jedes Mittel recht, selbst vor Folterungen scheuten sie nicht zurück. Die Deutschen wurden wie Kriegsgefangene behandelt und mussten weiße Armbinden tragen. Nun kam das, was die Wehrmacht bei ihrem Einmarsch in Polen und Russland an Grausamkeiten begangen hatte, zurück zur deutschen Bevölkerung. Im Frühjahr 1946 wurden die ersten Deutschen abtransportiert, nur bepackt mit ein paar Habseligkeiten, mussten sie innerhalb von ein paar Stunden Haus und Hof verlassen und zur nächsten Bahnstation aufbrechen.

Dort wurden sie in Waggons verladen, ohne auch nur zu wissen, wohin die Reise gehen sollte. Lediglich Handwerker und andere wichtige Personen durften noch bis zum Herbst bleiben, allerdings unter sehr schwierigen Bedingungen und ständigen Bedrohungen. Und zu diesen gehörte Konstantin, der als Schmied und Stellmacher offensichtlich dringend gebraucht wurde.

Das alles musste ihr, wahrscheinlich wie immer, wenn diese Thematik auftauchte, durch den Kopf gehen.

„Du mit deinem Vater. Wieso ist das denn so wichtig?", faucht sie ihre Tochter an, „ich kann dir darüber auch nicht viel sagen. Er war ein polnischer Verwalter und ich habe ihn seit dieser unseligen Vertreibung niemals mehr gesehen. Mehr weiß ich auch nicht über ihn. Ob er tot ist oder noch lebt? Was weiß ich denn. Und es interessiert mich auch nicht. Jetzt gib endlich Ruhe. Geh nun in die Küche und mach uns was zu Essen."

Verständnislos sieht Rosmarie ihre Mutter an.

Es ist sinnlos, denkt sie, sie blockt wieder einmal total ab. Aus Erzählungen ihrer Großeltern, Verwandten und Nachbarn, die ebenfalls in Leipzig lebten und vertrieben wurden, weiß sie, dass es in der Zeit als sie gezeugt wurde, also im Frühjahr 1946, geradezu unmöglich schien, wenn es auch nur annähernd eine Art von freundschaftlichen Beziehungen zwischen Deutschen und Polen gab. Eine tiefgreifende Feindschaft herrschte vor, aufgrund der Besetzung und der Gewalttätigkeiten, die bei beiden Völkern passiert waren. Jedoch von etwaigen Vergewaltigungen durch Polen hatte niemand berichtet. Es kamen überwiegend von den Russen vertriebene Familien aus Ostpolen oder den estnisch-lettischen Gebieten, die sich im Dorf einquartierten. Auch sie mussten ebenfalls ihre Heimat aufgeben, da Russland deren Gebiete requirierte. Diese Leute waren nur auf den Besitz und auf die Wertsachen der Deutschen aus. Aber, wie konnte es passiert sein? Dass es passiert ist, ist nun mal eine Tatsache. Schließlich bin ich ja da. Wer ist es denn wirklich? Ein Pole, wie sie behauptet? Oder vielleicht ein Deutscher aus dem Dorf? War es entgegen der anderen Erfahrungen doch eine Vergewaltigung? Eine verbotene Liebe?

Werde ich das jemals erfahren? –

„Nein, ich werde nicht in die Küche gehen", entgegnet Rosmarie ihrer Mutter, „wenn, dann machen wir das gemeinsam. Ich bin nicht länger deine Dienstmagd."

„Was erlaubst du dir!", ruft sie erbost, „solange du deine Füße unter meinen Tisch streckst, hast du zu tun was ich dir sage!"

„Und damit ist nun Schluss, Mutter!"

„So, so," lächelt sie herablassend, „Fräulein Tochter wird aufmüpfig. Willst du etwa damit sagen, dass du nicht länger hierbleiben wirst? Oder wie soll ich das verstehen?"

„Genau. Ich habe das schon länger geplant und mich um einen Studienplatz in Karlsruhe beworben. Und ihn auch bekommen. Ich muss hier raus und werde deshalb so schnell es irgend geht dorthin fahren."

„Ach, und wer soll das denn bezahlen? Ich jedenfalls nicht."

Rosmarie schaut sie leicht triumphierend an und sagt: „Keine Bange, ich komme schon alleine zurecht und werde dir nicht auf der Tasche liegen. Es gibt nämlich ein neues Gesetz, der sozial-liberalen Regierung sei gedankt. Man kann nämlich ein Studium beginnen, wenn man bestimmte Kriterien erfüllt. Es wird eine staatliche Unterstützung gewährt, wenn die Eltern dazu nicht in der Lage sind. Und das bist du ja wohl offensichtlich nicht."

„Und du erfüllst diese Kriterien? Das glaube ich kaum."

„Ja, ja, wie immer traust du mir absolut nichts zu. Aber daran habe ich mich schon gewöhnt und dir auch deshalb nichts von meinen Plänen erzählt. Nun, da ich volljährig bin, brauche ich deine Einwilligung zum Glück ja nicht mehr. Glaub doch einfach was du willst. Ich habe jedenfalls die nötige Schulbildung und eine abgeschlossene Lehre, die ich auch ohne deine Zustimmung geschafft habe. Und die Aufnahmeprüfung an der Uni werde ich auch bestehen. Und sei es nur deshalb, um es dir zu beweisen."

Auf weitere Diskussionen hat Rosmarie keine Lust, klaubt die auf dem Boden liegenden Blätter auf und verschwindet ins Schlafzimmer, in der Hoffnung, dort wenigstens etwas Ruhe zu finden, denn ein eigenes Zimmer hat sie nicht und so bleibt ihr nur diese Rückzugsmöglichkeit, zumindest bis ihre Mutter dann später auch zu Bett gehen würde.

Gleich morgen werde ich eine Fahrkarte besorgen, denkt sie trotzig und dann, ja dann, wird endlich mein eigenes Leben beginnen.

8. Kapitel

Es war ein schmerzhafter Abschied von ihrem Großvater Konstantin und von ihrer Tante Anita, aber es musste sein. Mit Tränen in den Augen sitzt Rosmarie nun im Zug Richtung Karlsruhe. Sie ist sich absolut nicht sicher, ob sie auch das Richtige macht, denn nun bricht sie auf in eine völlig ungewisse Zukunft. Sie hatte sich vor kurzem ein Zimmer in der Nähe der Universität besorgt, alles andere ist jedoch ein Buch mit sieben Siegeln. Wird sie auch wirklich die Aufnahmeprüfung bestehen? Und was geschieht, wenn sie versagen sollte?

Nein, keine negativen Gedanken aufkommen lassen. Ich muss ganz fest an mich glauben, dann schaffe ich das auch. Ein Abschied ist auch immer ein neuer Anfang. Ich bin jung und wissbegierig. Was soll schon passieren? Bestimmt werde ich auch dort nette Menschen kennen lernen.

Sie kramt aus ihrer Handtasche ein Taschentuch hervor, wischt sich die Tränen ab, schaut in den Spiegel und kontrolliert, ob die Wimperntusche eventuell verlaufen ist.

Zufrieden mit dem Ergebnis lehnt sie sich zurück und widmet sich der Lektüre ihres Großvaters, denn nun hat sie alle Zeit der Welt weiter zu lesen.

*

Vater Stefan war ein Despot sondergleichen. Außer Arbeit und Prügel gab es nicht viel, ja, sogar das Sprechen war in der Stube verboten, so dass es zu Hause immer still wie in der Kirche war. Spielen mit anderen Kindern oder sich draußen vergnügen, gab es nur ganz selten und ohne Erlaubnis schon gar nicht.

Schläge waren für die Kinder an der Tagesordnung. Vor allem die Jungen mussten oft auf einem Klopfholz knien und wurden mit einem Strick, an dem ein Eisenring befestigt war, gezüchtigt.

Um die Großfamilie über Wasser zu halten, ging Vater Stefan einer einigermaßen geregelten Arbeit nach und verdiente sich als Holzschläger sein Geld. Der Lohn betrug achtzig Pfennig pro Tag. Doch wo langte das hin, um sie alle zu ernähren?

Jeden Winter wurde vom Patronat, dem Prinzen von Preußen, Regent von Braunschweig, der Auftrag vergeben, 40 Raummeter Holz für das Heizen der Schule, zu schlagen und aus dem Wald zu holen.

In einem Winter übernahm Vater Stefan den Auftrag, um Geld in die Kasse zu bekommen. Als Lohn bekam man dafür neunundzwanzig Pfennig für den Raummeter. Drei Raummeter mussten am Tag geschafft werden. Dafür musste man ganz schön ran. Jedoch damit hatte sich Vater Stefan so übernommen, dass er schwer erkrankte und so mussten die Jungs die Arbeit ohne ihn vollenden.

Als Vater Stefan wieder einigermaßen genesen war, konnte er die Wald- und Feldarbeit nicht mehr ausüben und deshalb sattelte er um auf Zimmermann. Glücklicherweise verdiente er nun etwas mehr und als Folge gab es einmal mehr Fleisch als sonst. Konstantin wurde die Aufgabe übertragen das Fleisch aus Bad Landeck zu holen. Ein Pfund kostete fünfzig Pfennig. Dieses tat er mit Vergnügen, denn dort bekam er vom Fleischer oder seiner Frau immer ein Stückchen Wurst extra für sich, was aber keiner wissen durfte.

Lehrzeit

Am 3. Juli 1887 kam Konstantin in die Lehre, um das Handwerk des Hufschmieds zu erlernen. Da sein Meister als tüchtiger Mann im Ort bekannt war, war man auch der Meinung, dass er dort etwas Ordentliches erlernen kann. Seine Mutter verabschiedete ihn mit den Worten: *"Da hast du es gut, dort gibt es alle Tage Kaffee".*

Leider kam alles anders. Gleich am ersten Tag bekam er einen großen Zuschlaghammer in die Hände gedrückt, konnte sich einmal ansehen wie geschlagen wird und das war es, was ihm für die ganze Zeit beigebracht wurde. Dann wurde er der Obhut eines älteren böhmischen Gesellen übergeben, der ihn traktierte und unzählige Ohrfeigen verpasste.

Er war also vom Regen in die Traufe gekommen. Arbeit, Schikane und Schläge, so ging es Tag für Tag. *„Dass man da verbittert wird ist kein Wunder."*

Schließlich wurde auch Konstantin eines Tages aufgrund der ständigen Erniedrigungen handgreiflich. Wie jeden Tag erhielt er wieder von dem böhmischen Gesellen eine Ohrfeige. Er packte sich den Gesellen und warf ihn in das alte Eisen. Als dieser erst mal regungslos liegen blieb, wurde ihm bewusst, was für eine Tollheit er getan hatte. Gott sei Dank stand der Geselle nach einer Weile wieder auf und arbeitete wortlos weiter. Doch nun wurde alles noch schlimmer und die Schikanen noch größer. Auch der Meister leistete ihm keinen Beistand, sondern sah wohlwollend den Taten seines Gesellen zu.

Außer seiner Schmiede bewirtschaftete der Meister noch zweiundzwanzig Morgen Acker und hatte ein Fuhrunternehmen mit Pferden, drei Kutschwagen und zwei Kastenwagen, womit zur damaligen Zeit Lohnfuhren gemacht wurden. Da es die Kutscher bei dem Meister nie lange aushielten, mussten Konstantin und einer des Meisters Söhne meistens die Fuhren übernehmen. Transportiert wurden oft Händler mit ihren Waren, welche in die dreißig Kilometer entfernte Stadt Glatz mussten, von wo aus sie dann mit der Eisenbahn weiter fuhren bis nach Breslau, um die Waren auf dem Markt zu verkaufen. Mit dem Fuhrwerk brauchte man ungefähr sechs Stunden für die Strecke bis Glatz. Für Konstantin bedeutete dieses, morgens in der Frühe aufstehen, nachts irgendwann nach Hause kommen, dann wieder arbeiten.

Wenn überhaupt, bekamen die Pferde und wenn es nur trocken Brot war, bald mehr zu essen als er. Da die Pferde meistens von ihm geritten wurden, weil auf dem Kutschbock kein Platz mehr war, kam es nicht selten vor, dass sein Allerwertester, bedingt durch die mageren Pferde, oft durchgeritten war und immer schmerzte.

Sonntags hieß es dann Kutschwagen waschen, ohne Lohn selbstverständlich, die eigene Wäsche flicken und in Ordnung bringen und wenn noch ein bisschen Zeit war, sich ausruhen.

Nach zweieinhalb Jahren kam zur Freude von Konstantin der älteste Sohn des Meisters auch in die Schmiedelehre, um dieses Handwerk zu erlernen. Warum auch immer, hegte er die Hoffnung, dass es ihm nun bessergehen würde und er auch etwas lernen könnte. Doch da hatte er sich gewaltig getäuscht. Der Sohn entpuppte sich als ein schlimmerer Schläger, als der böhmische Geselle. Nun floss noch mehr Blut.

Als Konstantin eines Morgens ohne Anlass wieder geschlagen wurde, nahm er seine Sachen und lief davon.

Im Frühjahr 1890 fing für ihn somit die Wanderschaft an. Besser gesagt, war es zuerst einmal die Flucht vor seinem Lehrmeister, welchen er wegen der vielen Schläge die er dort bekam, Hals über Kopf verlassen hatte. Zu Hause durfte er sich auch nicht blicken lassen, - was hätte wohl Vater Stefan zu ihm gesagt-. Und so war seine erste Station Elsterberg im Voigtland, wo zwei seiner Brüder Arbeit gefunden hatten. Sie nahmen ihn auf und besorgten ihm eine Arbeitsstelle, wo er noch vier Monate lernen konnte. Und endlich wurde er dann von seinem Meister als Schmied freigesprochen. Dort war Konstantin zufrieden, ja, man konnte sagen, auch glücklich. Sogar Lohn von zwei Mark die Woche bekam er von Anfang an. Nach der Freisprechung konnte er bei dem Meister bleiben und arbeitete dann hauptsächlich als Bauschlosser und fertigte Staken-Zäune an.

Auch an einem ganz besonderen Ereignis konnte Konstantin in dieser Zeit teilhaben. Albert der Zweite, König von Sachsen, meldete seinen Besuch an, um eine alte Ruine zu besichtigen. Sein Meister bekam den Auftrag bei der Ruine eine Sommerlaube zu errichten, worin sich der König niederlassen wollte. Mit einem Großteil dieser Arbeit war auch Konstantin beauftragt, was natürlich für ihn eine besondere Ehre war. An der Rückseite der Laube wurde noch eine Tafel mit den Initialen A.R. angefertigt und montiert. Am Tag als der König eintraf und durch die Stadt fuhr, wurden die guten Plätze zum Sehen mit fünf Mark gehandelt. Konstantin hatte aber Glück und durfte bei seinem Meister in der Wohnung aus dem Fenster zuschauen, denn diese lagen direkt an der Straße, wo der König vorbeifuhr. Das war natürlich eine Riesenfreude.

Jedoch, es blieben dem Meister im Winter die Aufträge aus und es gab für ihn leider keine Arbeit mehr. So musste er sein Ränzel schnüren.

Wanderschaft

Im Winter 1890 begann ein neues Abenteuer, die Wanderschaft.
Was kam wohl jetzt alles auf Konstantin zu?
Sein Weg führte ihn von Neugersdorf über Greiz nach Reichenbach bis nach Zwickau. Dort bekam er endlich Arbeit in einer Schmiede, welche der Meister alleine bewirtschaftete. Da es viele Pferde zu beschlagen gab, konnte er gleich anfangen und auf Bitten lernte er dort erstmals wie die Eisen auf die Hufe genagelt wurden.
Doch im März 1891 hieß es wieder Abschied nehmen, weil es nicht ausreichend Arbeit für beide gab und wieder hieß es Ränzel schnüren, weiterziehen.
Die nächste Station war Öderan, wo er schnell neue Arbeit als Schmied bekam. Doch der Freude folgte ein böses Erwachen. Konstantin war gelernter Hufschmied, aber das Beschlagen der Pferde konnte er nicht richtig gut. Sein Meister beschimpfte ihn fortwährend und nannte ihn nur Schafsschädel. Doch gezeigt

wurde ihm wieder nichts und so musste er nach vier Wochen gehen.

Weiter ging es über Freiburg und Dresden bis Radeberg. Dort wusste der Herbergsvater eine Arbeit zu vermitteln mit dem Zusatz: „Länger als 3 Tage hält es dort aber niemand aus."

Doch was sollte er machen? Es war März, kalt, den Pelz voller Läuse und sein Wanst hungrig.

Der Meister, nicht mehr jung, total dem Alkohol verfallen, tyrannisierte ihn nach Herzenslust und betitelte ihn immer mit „alberner Kerl". Doch es gab Arbeit und dafür sogar Geld. Die Unterkunft war allerdings alles andere als gemütlich. Eine Kammer unter dem Dach, übersät mit Wanzen, welche vor dem Schlafen gehen von der Bettdecke geschüttelt werden mussten. Doch Konstantin ließ sich nicht weiter stören. Diese Tierchen taten ihm nichts. Dafür machten ihm aber die Läuse sehr zu schaffen. Zur weiteren Familie gehörte noch eine Meisterin, ein Sohn und eine Tochter, welche ihn auch bekochten und seine Wäsche machten.

Nach zwei Monaten hatte sich Konstantin ganz gut eingearbeitet und viel dazu gelernt, so dass er oft alleine in der Schmiede stand, da der Meister vor lauter Alkoholgenuss nicht fähig war zu arbeiten. - *Der Schnaps war sein Herr*-. Gab es schwierige oder viel Arbeit, halfen vormittags die Meisterin und nachmittags der Sohn, welcher das letzte Jahr zu Schule ging.

In Radeberg gab es sieben Glashütten, für welche nun Konstantin Glasmacherwerkzeuge herstellte. Auch wurden von dort Glasmacherpfeifen nach Teplitz in Böhmen und Braunlage im Harz verschickt. Ihm gefiel die Arbeit. Er konnte selbstständig am Feuer arbeiten und war sein eigener Herr. Wenn da nicht die zunehmende Schikane von dem Meister gewesen wäre. Denn je selbstständiger er arbeitete, je mehr gab der Meister sich dem Alkohol hin und wurde immer ausfallender, bis die Situationen nur noch mit Kinnhaken geregelt wurden. Trotz Flehen der Meisterin und der Kinder und einigen Versuchen zu bleiben, kündigte Konstantin dann zum Ende des Jahres seine Arbeit. Es war einfach nicht mehr zum Aushalten.

Sein nächstes Ziel war Königsbrück, wo er bis Weihnachten arbeiten konnte. Von dort aus führte sein Weg erst mal nach Hause. Aber es hielt ihn nichts in seiner Heimat. Und so ging es im Frühjahr 1892 wieder in die Fremde. Mit zwei anderen Wandergesellen, welche er unterwegs getroffen hatte, fuhr er mit der Eisenbahn bis nach Görlitz. Weiter ging es dann zu Fuß bis Dresden, von da mit dem Dampfer bis Riesa und von Riesa wiederum zu Fuß bis Wurzen. In Wurzen fanden seine beiden Wandergesellen Arbeit, doch Konstantin musste weiterziehen. Allein ging es dann weiter, meist zu Fuß, über Leipzig, Bitterfeld, Halle an der Saale, wo er zum ersten Mal eine elektrische Straßenbahn sah, bis Dessau.

Dessau war Endstation, denn bis auf sieben Pfennig, hatte er nichts mehr. In der Herberge angekommen, gesellte sich ein Kumpan, dem es genau so erging, zu ihm. Aus der Not heraus beschlossen beide fechten (betteln) zu gehen. -*In der Handwerksburschensprache nennt man das Klinke putzen*-.

Betteln war zu der Zeit strengstens verboten. Wurde man beim ersten Mal erwischt, bekam man drei Tage Haft, beim nächsten Mal verschwand man auf längere Zeit.

So gingen also beide mit zitternden Gliedern los. Konstantin zu den Fleischern, der andere Geselle zu den Bäckern. Am vereinbarten Treffpunkt, Uhrzeit 9.00 Uhr, teilten dann beide das, was sie *eingefangen* hatten. Trotz der Angst im Nacken, machten sie es noch einige Tage weiter, denn immer wieder siegte der Hunger.

In dieser Zeit bot sich für hungrige und arbeitslose Gesellen noch die Gelegenheit, *in Verpflegung zu gehen*. Das bedeutet, man bekam eine sogenannte Verpflegungsstation zugewiesen. Dort musste man vier bis sechs Stunden arbeiten und bekam dafür ein Nachtlager, Abendbrot und einen geringen Lohn.

In Nordhausen auf dem Kloster bot sich für Konstantin die erste

Gelegenheit. Sie bestand aus Kohle schaufeln, transportieren und verteilen.

Aber auch das war nur von kurzer Dauer. Dann kam er nach Sondershausen und wurde zum Kartoffel schälen eingeteilt. In Walschleben dann, ging es härter zu. Steine klopfen und Holz sägen war angesagt.

Da man von einer Verpflegungsstation zur anderen immer noch stundenlang zu Fuß unterwegs war, das Geld nie reichte und der Hunger allgegenwärtig war, musste man *stramm ausschreiten,* um rechtzeitig das neue Ziel zu erreichen.

Der Hunger veranlasste ihn doch ab und zu noch mal die Klinke zu putzen, bevor er die nächste Station erreichte, immer verbunden mit der Angst, erwischt zu werden. Dann führte ihn sein Weg weiter nach Erfurt, wo er voller Bewunderung den Dom besichtigte.

Am Freitag vor Pfingsten in Weimar angekommen, setzte er sich nach einer kurzen Stadtbesichtigung auf eine Bank, sinnierte vor sich hin, ob hier vielleicht schon Goethe oder Schiller gesessen haben mag und lächelte ob dieser Gedanken. Dann zählte er seine spärlichen Kupfermünzen. Zu seiner Freude reichten diese gerade für eine Fahrkarte nach Greiz, um zwei seiner Brüder zu besuchen. Doch der Empfang war nicht gerade herzlich und so zog Konstantin bald wieder weiter, ohne Geld und Ziel.

9. Kapitel

Plötzlich hört Rosmarie die Zugdurchsage, dass der nächste Bahnhof Karlsruhe sei. Sie schreckt auf, da sie noch ganz in Gedanken bei den Erlebnissen des Großvaters weilte. Schnell packt sie das Büchlein ein und holt ihren Koffer aus dem Gepäcknetz. Nun gilt es für sie, sich den eigenen Problemen zu widmen. Und das heißt, zunächst erst einmal ihr Zimmer aufzusuchen vor allem, sich auf die in ein paar Tagen stattfindende Aufnahmeprüfung vorzubereiten.
Nachdem sie sich in ihrem kleinen, aber feinen Zimmer wohnlich eingerichtet hat, setzt sie sich in den bequemen Sessel, zündet sich eine Zigarette an und genießt es, endlich ihr eigener Herr zu sein und niemandem mehr Rechenschaft ablegen zu müssen. Nach langer Zeit fühlt sie sich rundum zufrieden und glücklich, selbst jetzt, da ihr diese Prüfung noch bevorsteht.

*

Doch offensichtlich braucht sie sich wirklich keine allzu großen Sorgen machen, denn sie konnte alle Aufgaben gut lösen und hat sehr bald erkannt, dass sie mit ziemlicher Sicherheit bestanden haben wird. Schon in den nächsten Tagen wird das Studium beginnen und darauf freut sie sich sehr.

*

Eines Tages bekommt Rosmarie einen Anruf aus Hannover. Es ist ihre Tante Anita. Leider hat sie eine betrübliche Nachricht für sie, denn Ihr Großvater Konstantin ist ganz kurz nach seinem neunundneunzigsten Geburtstag plötzlich und trotz seines recht hohen Alters unerwartet verstorben. Es ging alles sehr schnell, sagt sie ihr. Er musste ins Krankenhaus, da er Nierenversagen hatte. Doch die Ärzte konnten ihn nicht mehr retten. Es ist ja nur ein schwacher Trost, wenn man einen geliebten Menschen verliert, aber dennoch sagt sich Rosmarie, ist es gut, dass er wenigstens nicht lange leiden musste. Traurig packt sie das Nötigste ein und fährt mit dem nächsten Zug nach Hannover zur Beerdigung.

Davor graut es ihr am meisten, denn es wird sich nicht vermeiden lassen, während der Trauerfeierlichkeiten zu ihrer Mutter zu gehen und bei ihr in der kleinen Wohnung unterzukommen. Und tatsächlich, wie sie es befürchtet hatte, kam es bald nach der Beerdigung schon wieder zu Streitigkeiten. Ihre Mutter will oder kann es einfach nicht wahrhaben, dass nunmehr Rosmarie eine junge, selbstbewusste Frau geworden ist und sich nicht mehr alles von ihr gefallen lässt. Eigentlich führen sie ein belangloses, unverbindliches Gespräch abends bei einem Gläschen Wein, bis ihre Mutter von ihr verlangt, sie auf einer Reise in ihre alte Heimat in Schlesien, welches nun in Polen liegt, zu begleiten. Diesen Wunsch kann Rosmarie natürlich sehr gut verstehen und befürwortet ihn auch. Nur, die Art und Weise, wie ihre Mutter von ihr verlangt, ja, sie nicht einfach nur darum bittet mitzukommen, provoziert Rosmarie wieder einmal. Prinzipiell hat sie überhaupt keine Einwände gegen solch eine Reise, denn auch sie würde ganz gerne die alte Heimat der Familie mal kennenlernen. Aber dann eskaliert der Streit, denn Rosmarie kommt auf den ihr immer noch unbekannten Vater zu sprechen und macht es zur Bedingung für ein Mitfahren ihrerseits, bei dieser Gelegenheit dort Nachforschungen über ihn anzustellen. Das verneint ihre Mutter jedoch sofort und zeigt daran überhaupt kein Interesse. Schon wieder ist Rosmarie schwer enttäuscht von ihrer ablehnenden Haltung.

Warum will sie das partout nicht? Was hat sie zu verbergen? denkt sie verärgert.

Soll ich bei dieser Gelegenheit das selbst in die Hand nehmen? Nein, das ist ohne ihre Mithilfe von vorne herein zum Scheitern verurteilt. Ich kenne ja weder einen Namen noch Adresse. Wie sollte ich da was erreichen?

„Ich werde nicht mitfahren", entgegnet sie ihr, „zumindest nicht unter diesen Voraussetzungen, denn alles, was mich interessiert, ignorierst du einfach. Außerdem kann ich erst in den Semesterferien. Aber falls du es dir anders überlegst und es in dieser Zeit gemacht werden kann, kannst du mir gerne Bescheid geben. Dann überlege ich es mir vielleicht noch einmal."

„Du willst mir Vorschriften machen?", ereifert sich ihre Mutter, „nein, danke, dann lege ich keinen Wert auf deine Anwesenheit. Ich werde mit den Braunschweigern reden und da gibt es schon Menschen, die sehr gerne mit mir dahinfahren werden. Also, vergiss es einfach."

Und damit ist das Gespräch auch beendet.

Rosmarie trinkt aus und begibt sich sofort ins Schlafzimmer. Sie ist sehr froh darüber, am nächsten Morgen nach Karlsruhe zu fahren und bald wieder in ihrem kleinen bescheidenen Heim zu sein.

10. Kapitel

Als Rosmarie im Zug von Hannover nach Karlsruhe sitzt, nimmt sie Großvater Konstantins Aufzeichnungen aus der Reisetasche, um dort weiter zu lesen, wo sie vor langer Zeit aufgehört hatte. Ihr Studium, viele neue Freunde und Bekannte und die anderen

Lebensumstände hielt sie die ganze Zeit davon ab und so freut sie sich auf die Bahnfahrt, verbunden mit den Erinnerungen an ihren Großvater. Sie schlägt das Kapitel „Wanderschaft" auf und sucht den Übergang zu dem, was sie noch nicht gelesen hatte.

*

Seine erste Begegnung auf seiner Wanderung war ein Trupp junger Burschen. Mit der Erwartung Schläge zu bekommen und einem flauen Gefühl im Magen, kreuzten sich die Wege. Doch zu seinem Erstaunen erwiesen sich diese Gesellen als nette Burschen. Jeder von ihnen gab ihm ein Scherflein zur Wegzehrung, worüber die Freude natürlich groß war.

Er war in Reichenbach, der Ort den er schon kannte, angekommen. Glücklicherweise fand sich dort schnell Arbeit bei einem Meister, der sich gerade selbstständig gemacht hatte und für ihn wie gerufen kam. Dort wurden Eimerbeschläge angefertigt. Er musste es auf fünfzig Stück pro Stunde bringen, sonst drohte wieder der Rausschmiss. Doch nach vier Wochen ging er freiwillig. Das war einfach auf Dauer nicht zu schaffen.

Auf seinem Marsch auf Suche zu einer Arbeitsstelle und wie immer, den Hunger als Begleitung, konnte er an einem Kirschbaum nicht vorübergehen, ohne sich daran zu laben. Was zur Folge hatte, dass der Eigentümer dies sah, böse wurde und ein heftiger Streit entbrannte. Er drohte ihm mit Polizeigewahrsam und wollte sein Arbeitsbuch einbehalten. Doch Konstantin ließ sich das nicht gefallen, war er doch wesentlich stärker als er, entriss ihm das Arbeitsbuch und zog weiter nach Altenburg.

Da sich in Altenburg keine Arbeit für ihn fand, nahm er wieder die Verpflegungsstation an und dieses hieß, viel Holz hacken.

Gestärkt und mit etwas Geld ging es weiter nach Grimma. Auf dem Weg dorthin schlug er sein Nachtlager auf einer gemähten Wiese unter einigen Büschen auf. Wach geworden durch ein

Geräusch, traute er in der mondhellen Nacht seinen Augen kaum, denn zum Greifen nah stand ein *Sechserbock* vor ihm und fraß von den Büschen. Doch nun hatte dieser Witterung aufgenommen und war mit einem Satz weg. Das war einer der seltenen schönen Momente dieser Wanderschaft.

Da es in Grimma keine Arbeit gab, ging er weiter bis Wurzen, wo er seine beiden Wandergesellen wiedertraf, die bei einem Schuster arbeiteten. Konstantin fand in einer Schmiede Arbeit, welche eine Knochenmühle war. Gearbeitet wurde von früh vier Uhr bis abends zweiundzwanzig Uhr und auch sonntags mussten bei Bedarf Pferde beschlagen werden. Essen gab es, außer sonntags, sechsmal die Woche Pellkartoffeln und Hering als Mittagessen und abends immer dritte Sorte Brot mit amerikanischem Schmalz. Dafür war der Lohn etwas besser, immerhin fünf Mark und fünfzig Pfennig pro Woche. Da die Läden auch sonntags bis einundzwanzig Uhr geöffnet hatten, kaufte er sich für das Geld öfter, was das Herz begehrte, um bei Kräften zu bleiben.

Sein Kollege, schon schlapp und abgemagert von der einseitigen Kost, hatte zu allem Überdruss auch noch X-Beine. Jede Nacht band er sich die Beine zusammen und steckte zwischen die Knie ein Holzstück, in der Hoffnung, so seine Beine gerade zu richten. Doch geholfen hat es nichts.

Am 1.September 1892 ging Konstantin mit seinen beiden Wandergesellen weiter auf die Walz. Wieder ging es Richtung Leipzig, Halle an der Saale, in den Harz nach Goslar. Tagelang wurde sich von Obst ernährt, doch dann wurde wieder die Klinke geputzt und das Geld redlich geteilt. Sogar ein Gendarm war ihnen einmal freundlich gesonnen, zeigte sie nicht an, sondern gab jedem einen Topf Kaffee und eine Fettschnitte. Wieder mal Glück gehabt.

Im Herbst 1892 grassierte in Hamburg die Cholera und so kam den drei Wandergesellen die Idee als Krankenträger nach Hamburg zu gehen. Doch auf dem Weg von Braunschweig nach

Hildesheim machte ein Kollege, bedingt durch die karge Ernährung und das viele *plattmachen* (gehen), schlapp. Glücklicherweise nahm ein Rübenwagen die drei bis Hildesheim mit. Als Lohn verlangte der Kutscher die Stiefel des einen Gesellen, doch dies war vorher nicht abgemacht und so ging nach heftigem Streit mit dem Kutscher, jeder seines Weges.

Da saßen sie nun in der Herberge, keiner hatte einen Pfennig Geld mehr und so blieb Konstantin nichts Anderes übrig, als seine schöne Taschenuhr zu versetzen. Zum Glück fand er bald Arbeit in der Schmiede einer Kutschwagenfabrik und so konnte er sie bereits nach kurzer Zeit wieder einlösen.

Der Chef des Betriebes war schon sehr alt und hatte kein rechtes Interesse mehr an der Arbeit. Doch es gab außer ihm noch einen Stellmacher, einen Kastenbauer, einen Sattler, einen Lackierer und einen Schlosser. Dort war für ihn ein gutes Arbeiten und er fühlte sich wohl dabei. Im Winter in der Früh, wenn es sehr kalt war, wurde Konstantin von seinem Meister mit „komm, Schlesinger", so nannte er ihn, zum Ringkampf aufgefordert, damit die Knochen warm wurden. Die erste Zeit jedoch war er immer der Verlierer, aber der Spaß an der Sache ließ ihn schnell alle Kniffe lernen und so stand er mit der Zeit auch da seinen Mann. Dies sollte ihm im späteren Leben noch oft helfen.

Auch Begebenheiten, wie zum Beispiel die folgende, brachten ein wenig Abwechslung in das doch so karge Dasein und blieben zeitlebens im Kopf haften. Eines Abends auf dem Heimweg von der Arbeit, es hatte vorher heftig geschneit, sah Konstantin wie ein Student, den er an seiner Mütze als solchen erkannte, einen Kutscher mit Schnee bewarf, welches dann zu einer aggressiven Schneeballschlacht ausartete. Er blieb stehen und schaute diesem Schauspiel zu. Nach einiger Zeit rannte der Student plötzlich davon und war nicht mehr zu sehen. Der Kutscher in seiner Wut ging dann auf Konstantin los und packte ihn so am Hals, dass ihm die Luft wegblieb und er dachte, seine letzte Stunde hätte geschlagen. Mit letzter Kraft versetzte er dem

Kutscher einen Stoß in den Unterleib, worauf dieser ihn dann endlich losließ. Dann aber wurde er von Konstantin ordentlich verdroschen. Dieser besagte Kutscher fing dann kurze Zeit später auch in der Fabrik an zu arbeiten und immer, wenn er Konstantin sah, machte er einen großen Bogen um ihn.

Ihm gefiel es sehr gut in der Fabrik und auch in Hildesheim. Inzwischen war er Mitglied im Schmiedeklub geworden und erlebte dadurch 1893 sein erstes Volksfest mit großem Umzug, wo er nun voller Stolz auch mitgehen durfte. Das gute Verhältnis zu seinem Meister ermöglichte ihm den Zugang zum Hildesheimer Dom und dort bestaunte er den tausendjährigen Rosenstock. Sein Meister hatte die Aufgabe beim Glockenläuten im Andreasturm mitzuhelfen. Nachdem Konstantin nun angelernt war, vertrat er dort oft seinen Meister. Fünfzehn Männer wurden dazu benötigt, um die schweren Glocken zum Klingen zu bringen. Acht Männer für die große Glocke, welche immerhin hundertfünfundsiebzig Zentner wog, vier Männer für die nächst kleinere, zwei Männer für die mittlere und ein Mann für die kleinste. Dazu mussten aber erst einmal dreihundert Stufen bis in den Turm zurückgelegt werden. Nach dem Läuten konnte er sich dann, manchmal sogar bis zu vier Mark, über den Zusatzlohn freuen.

Noch ein paar Worte zur Bekleidung: Die ersten zwei Jahre in der Fremde trug Konstantin immer noch die Kleidung samt Unterwäsche aus Leinen. Erst mit zwanzig Jahren kaufte er sich seine erste Unterhose aus Baumwolle und auch ein Rinderfell, woraus er sich aus dem vorderen Teil eine Schürze machen ließ, die er dringend als Schmied benötigte, und aus dem hinteren Teil fertigte man für ihn ein Paar Stiefel.

Militärzeit

Am 5.10.1893 wurde Konstantin zum Militär einberufen.
Er wurde in Lüneburg stationiert und kam zur Kavallerie, zum
5ten Eskadron Dragoner Regiment 16.

Gleich bei der Begrüßungsansprache durch einen alten
Rittmeister, wurde ihm klar, wie hier der Wind wehte und was ihn
erwarten würde, nämlich Disziplin oder Dresche.
Neu eingekleidet wurde auf den Stuben der Beritt zum Putzen in
Empfang genommen. Nach getaner Arbeit, erst sehr spät am
Abend, so gegen dreiundzwanzig Uhr, zündete er sich sein
Pfeifchen an und setzte sich nieder. Kurz darauf trat der
Stubengefreite ein, rief „Achtung" und ließ alle strammstehen.
Da Konstantin gerade erst seine Pfeife angezündet hatte und
weiterrauchen wollte, bekam er eine kräftige Ohrfeige von dem
Vorgesetzten. Doch statt sich zu fügen, schlug er zurück. Das
hätte er besser nicht tun sollen. Schnell wurde Hilfe von den
anderen Gefreiten geholt und das Schicksal nahm seinen Lauf.
Einer war bewaffnet mit einem Stock und wollte damit auf
Konstantin einschlagen, doch dieser wehrte ab und der Stock
zerbrach auf dem Kopf des Gefreiten. Nun entfachte ein
fürchterlicher Kampf, zwei gegen einen. Doch Konstantin, dank
der regelmäßigen Ringkämpfe mit seinem damaligen Meister
sehr geübt, schmiss einen Gefreiten über den Tisch, der zu Bruch
ging und den anderen durch die Stube, wobei der Ofen umfiel. So
versetzte er beide ins Schachmatt. Alle anderen Stubenkameraden waren starr vor Angst. Als die beiden Gefreiten sich
aufgerappelt hatten, verließen sie wortlos die Stube.
Es dauerte nur eine Viertelstunde, bis die Tür wieder aufging und
sämtliche Offiziere, Unteroffiziere und Sergeanten eintraten, um
sich diesen Rüpel vorzunehmen. Nach etlichen Befragungen und
den darauffolgenden Standpauken musste Konstantin als Strafe
den Mülleimer auf den Hof tragen und entleeren. Nichts Gutes

ahnend ging er raus, leerte ihn aus und war auch schon von etlichen Männern, es werden wohl acht bis zehn gewesen sein, umringt. Alle hatten Deckengurte und Halfter bei sich, um ihn damit ordentlich zu verprügeln. Einiges hat er auch einstecken müssen, doch seine Wendigkeit und Schläue, den Eimer über den Kopf kreisen zu lassen, hat natürlich auch einige Schädel seiner Peiniger getroffen und weg waren sie auf einmal. Das war natürlich eine Blamage für die gestandenen alten Soldaten. Mit ziemlicher Sicherheit sollte nun der „Heilige Geist" Konstantin besuchen. Der „Heilige Geist" besteht aus vier Männern. Zwei halten den zu besuchenden fest und stülpen ihm eine Decke über den Kopf und zwei Mann dreschen auf ihn ein. Über eine Woche lag er deshalb nachts auf der Lauer, doch wider Erwarten kam kein „Heiliger Geist" über ihn.

Durch Zufall kam es zu einem Gespräch mit einem anderen Soldaten, der ihm von einem Mann mit Bärenkräften berichtete und die Geschichte, die ihm passiert war, wurde ihm nun in den grellsten Farben und sehr übertrieben geschildert. Als Konstantin dann nach diesem Mann in seiner Schwadron gefragt wurde, rückte er mit der Wahrheit heraus und stellte sich als diesen vor. So erfuhr er, dass man Respekt und Angst vor ihm hatte und er deshalb den „Heiligen Geist" nicht mehr befürchten musste.

Doch seine Stubenkameraden mussten weiter leiden. Kam der Berittführer in die Stube und seine Sachen waren noch nicht fertig geputzt, schmiss er die Stiefel, Helm, Koppel, Säbel und alles was dazu gehörte der Mannschaft regelrecht vor die Füße und beauftragte einen Gefreiten zusätzlich noch Schläge mit einem dicken Bambusknüppel auszuteilen. Alle duckten sich und hatten Angst, nur Konstantin blieb verschont. Er bot sich an diesen Gefreiten zu verdreschen, wenn er wiederkommen sollte. Seine Kameraden sollten sich dann nur hinter ihn stellen, jedoch, ihnen fehlte der Mut dazu und so mussten sie immer wieder die Schläge einstecken. Da hat er sich gedacht: Wenn ihr so feige seid, verdient ihr es nicht anders.

Es wurde so übel, dass ein Stubenkamerad aus dem Elsass solche Schläge auf den Kopf bekommen hatte, dass er dreizehn Wochen im Lazarett zubringen musste und seitdem an epileptischen Anfällen litt. Nun, Konstantin wurde in Ruhe gelassen und nicht traktiert, doch dafür wurde er zu anderen „Strafarbeiten" abkommandiert. So auch einmal zum Vorreiten aller Gangarten, wobei der Oberst das Kommando gab. Dieses geschah aber erst nach einstündigem Stillstehen auf dem Exerzierplatz, wo Ross und Reiter, durch die lausige Kälte, schon wie erstarrt waren. Trotzdem muss er wohl das Schulreiten zur Zufriedenheit des Obersts gemacht haben, denn als zweifelhaftes Lob bekam er die Faust des Obersts unter sein Kinn und hörte die Worte: *„Das war dein Glück, du Aas!"* Daraufhin nahm der Oberst sein Pferd, ritt mit der Abteilung zur Kaserne zurück und Konstantin musste zu Fuß hinterherlaufen.

Eines Tages hatte er aus Zeitmangel im Wachwechsel seinen Helm nicht richtig geputzt und geriet doch mal an einen Unteroffizier, der es wagte, ihm den Helm wegzunehmen und denselben in sein Gesicht zu schlagen, sodass er fürchterlich blutete. Voller Wut packte Konstantin den Schläger und wollte ihn aus dem Fenster werfen. Glücklicherweise fiel ihm noch rechtzeitig ein, dass sie sich im zweiten Geschoss befanden, denn es hätte durchaus passieren können, dass er tot sein würde und er selbst den Rest seines Lebens hinter Gittern verbracht hätte. So ließ er von ihm ab und von Stund an herrschte Frieden zwischen den beiden.

Kurze Zeit später wurde Konstantin das Angebot gemacht auf die Kriegsschule nach Hannover zu gehen. Mit Freude nahm er dieses Angebot an. Er bekam neue Kleidung und eine Bahnfahrkarte nach Hannover. Acht Tage später war er schon dort und zu seinen Aufgaben gehörte es auch als Schmied seinen Hammer zu schwingen und die Pferde beschlagen. Mit dieser Arbeit kannte er sich ja bestens aus und war deshalb sehr zufrieden. Doch leider war das Glück nur von kurzer Dauer, denn durch das Schleppen der sehr schweren Hafersäcke zog er sich, laut Befund von Dr. Neuhaus von der Kriegsschule, einen doppelten Leistenbruch zu. Er bekam ein Bruchband verpasst und musste zu seiner Schwadron nach Lüneburg zurück. In Lüneburg lag er dann erst mal im Lazarett. Wie es da zuging, war im Text eines Liedes festgehalten, welches die Soldaten auf ihrem Marsch gesungen haben:

„Kommt man in das Lazarett,
kriegt man ein schneeweißes Bett
und dann noch bei vierter Form,
da wird man wie ein Regenwurm!"

Zur Erklärung, was die vierte Form bedeutet, nämlich, dass man lediglich dreimal am Tag einen Teller Buchweizensuppe, ohne Brot und ohne alles, bekommt.
Ein Unterlazarett- Gehilfe, er kam aus Freiburg, hatte Mitleid mit Konstantin und gab ihm immer heimlich einen Teil von seinem Essen ab. Nach vier Wochen wurde er entlassen und kam in die Kaserne zurück. Doch er war für den Militärdienst nicht mehr tauglich und musste abwechselnd mal vierzehn Tage beim Schneider helfen, dann vierzehn Tage beim Schuster und auch beim Sattler. Nach einiger Zeit teilte man ihm die Entlassung aus dem Militärdienst mit. Am 1.Dezember 1895 trat Konstantin dann als Halbinvalide mit sechs Mark Pension den Weg zurück in die Heimat an.

*

Rosmarie sieht aus dem Fenster und bemerkt ganz erstaunt das Bahnhofsschild von Karlsruhe.

Wie schnell die Zeit vorübergegangen ist!

Hastig packt sie alles ein und macht sich bereit auszusteigen. Fasziniert davon, in eine für sie so völlig andere Welt in der Vergangenheit einzutauchen, nimmt sie sich vor, nicht wieder so viel Zeit verstreichen zu lassen und bald die Geschichten ihres Großvaters weiterzulesen.

11. Kapitel

Jedoch, das Leben, der Alltagsstress, neue Freunde, Ereignisse, Veränderungen und einiges mehr nimmt einen sehr in Beschlag und vieles gerät in Vergessenheit, unter anderem auch die Aufzeichnungen des Großvaters. Nach Beendigung ihres Studiums zieht Rosmarie wieder nach Hannover, natürlich nun in eine eigene Wohnung, auch um den Kontakt zur Mutter möglichst gering zu halten. Beim Ausräumen der Bücherkiste fällt ihr das alte Büchlein wieder in die Hände und sie blättert darin. Sie findet alsbald die Stelle wieder, wo sie damals aufgehört hatte zu lesen, macht sich einen Kaffee und setzt sich auf ein Kissen und liest weiter.

Im Dezember 1895 war Konstantin nun wieder zuhause in Neugersdorf.

Es war die Zeit des Streichholzschachtelmachen und er half seinen Eltern bei dieser Arbeit. Doch so konnte es nicht weitergehen. Als 23-jähriger Mann ohne Arbeit und Einkommen lag er seinen Eltern auf der Tasche. Eines Tages kam Vater Stefan mit der Nachricht nach Hause, es gäbe im Nachbardorf die Gelegenheit einzuheiraten in einen Hof mit Schmiede.

Das solle er sich mal ansehen.

Der Besitzer, ein schon alter Mann, arbeitete in einer Eisen-erzgrube, die Tochter 8 Jahre älter als Konstantin (31 Jahre) und das Haus in einem total verkommenen Zustand. Dazu gab es noch drei Kühe, etwas Kleinvieh und 38 Morgen Acker, aufgeteilt in drei Parzellen.

Am 28. April 1896 machte sich Konstantin auf den Weg zu dem Hof. Da in der Schmiede sehr wenig zu tun war, bestellte er die Frühjahrssaat und fing an mit Reparaturarbeiten. Das Haus war so baufällig, dass es sogar beim Essen in die Teller regnete. Als nächstes war die Heuernte dran und dann wieder Hausreparaturen. Vater Stefan versuchte inzwischen die Heirat und den Kauf des Hofes zu regeln, doch alles lief schleppend und zog sich endlos in die Länge, da man sich nicht einig wurde. Nach etlichem Hin und Her wurde auch Konstantin, eher beiläufig, gefragt, ob er denn nun Lust zum Heiraten hätte. Als dieser das verneinte, sagte Vater Stefan zu seiner Verwunderung: „Dann lass es eben!" Als dann auch noch seine angedachte Braut, in nicht gerade rosiger Laune, meinte, dass sie beide nicht zusammenpassen würden und sie keine Lust auf die viele Arbeit hätte, fiel ihm ein „Alp von der Brust", so sehr freute er sich.

Ruck-Zuck machte er Feierabend, verschwand und ging wieder zu seinen Eltern zurück.

Dort gab es allerhand Arbeit in der Landwirtschaft, so dass er gerne aufgenommen wurde und gleich mit Mähen und Pflügen anfing. Da alles barfuß gemacht wurde und Pechvogel Konstantin auf einen spitzen Stein trat, er einen schlimmen Fuß bekam und nicht mehr helfen konnte, gab es so einen riesen Krach, dass er wieder sein Bündel schnürte und nach Breslau zu einer Tante fuhr, um sich dort auszukurieren. Hier wäre er gerne geblieben, doch es fand sich keine Arbeit. Deshalb ging es wieder auf Wanderschaft.

Von Breslau nach Mecklenburg durch die Lüneburger Heide bis nach Hannover, doch erst wieder in Hildesheim hatte er Glück und fand endlich Arbeit. Ein Meister ließ nach ihm schicken, denn ein alter Kollege erinnerte sich an ihn und empfahl ihn sozusagen. Konstantin kam dem Meister wie gerufen, denn dieser hatte einen Auftrag angenommen, den er selbst nicht im Stande war zu erledigen. Es galt einen Eiswagen zu beschlagen. Da der Meister wusste, dass er früher in der Kutschwagenfabrik gearbeitet hatte, war Konstantin genau der richtige Mann für ihn. Gleich Montagmorgen sollte es losgehen. Der Meister und der erste Geselle wollten ihm helfen. So was war Konstantin nun gar nicht gewohnt und so hatte er ein wenig „Schiss".

„Da hieß es sich auf die Hinterbeine stellen."

Dazu kam noch, dass der Wagen bis zum Ende der Woche fertig sein sollte. Der Meister und auch der Eigentümer des Wagens versprachen ihm je 3 Mark extra, wenn er das schaffen würde. Sonnabend gegen Abend war es geschafft, der Wagen war fertig und alle zufrieden. Zur Feier des Tages machte der Meister sogar ein Fässchen Bier auf und Konstantin war schon etwas stolz auf sich.

Die Hauptarbeit bei dem Meister war, die Pferde zu beschlagen, wozu auch das Huf aufschneiden gehörte. Doch dieses hatte er nie richtig gelernt und prompt ging es daneben, weil er zu tief schnitt und der Huf blutete. Er ärgerte und schämte sich sehr deswegen, vor allem bangte er um seinen Arbeitsplatz. Er beichtete dem Meister alles und bekannte sich auch dazu, dass er dieses nicht richtig konnte. Er musste annehmen, jetzt die Papiere zu bekommen. Doch der Meister war einsichtig und traf eine Abmachung mit ihm. Er sollte ihm den Kutschwagenbau beibringen und der Meister würde ihm den gesamten Hufbeschlag zeigen. Beide hielten sich an diese Vereinbarung und lernten viel voneinander. Konstantin: *„Dafür bin ich ihm sogar heute noch dankbar!"*

Beide verstanden sich sehr gut und nach Feierabend wurde dann auch mal ein Schnaps getrunken. Mit der Zeit gesellte sich dann noch ein Maurerpolier dazu, welcher sich nicht lumpen ließ und gleich einen halben Liter ausgab. Dieses hatte zur Folge, dass Konstantin und der Meister auch einen halben Liter ausgaben. So wurde also jeden Abend 1 ½ Liter Nordhäuser getrunken. Dieses ging so lange weiter, bis Konstantin eines Tages merkte, dass ihm bei akkurater Arbeit die Hände zitterten. *„Das kann doch nur von dem Nordhäuser sein!"* Als nun wieder Schnaps geholt wurde, trank er nicht mehr mit. Da gingen natürlich das Gelächter und die Hänseleien los. Als die beiden dann alleine waren, erklärte Konstantin dem Meister die Lage. *„Ich möchte später nicht Schnapsbruder genannt werden!"* Der Meister zeigte Verständnis und ab sofort hörte das Schnapstrinken für alle auf.

Arbeit gab es genug, doch mit der Zeit gab es für Konstantin keinen Feierabend mehr. Der Meister verließ sich immer mehr auf ihn und gönnte sich mit den Bierhändlern, welche ihre Pferde erst nach Feierabend so gegen 18.00 Uhr, zum Beschlagen brachten, einen gemütlichen Abend im Wirtshaus. Die Gesellen bekamen zwar von den Händlern jedes Mal einen Kasten Bier gratis, doch richtig Zeit zum Trinken hatten sie nicht. So wurden bis in die Nachtstunden Pferde beschlagen. Im Sommer 1897 war es besonders schlimm, denn der Sommer war heiß, erstrecht in der Schmiede, doch frische Luft schnappen oder sich abkühlen, ging einfach nicht. Sogar die Mutter des Meisters, er selbst war nicht verheiratet, sprach oft für die Gesellen und bat den Sohn Konstantin auch mal abzulösen. Doch nichts dergleichen tat sich.

Eines Tages, wie vom Himmel geschickt, kam ein Kollege, welcher Konstantin auch noch von früher kannte und bot ihm eine Stelle in der Nähe von Hameln an. An einem freien Sonntag machte er sich auf den Weg, um sich diese Fabrik anzusehen. Es war ein großes Kalkwerk mit eigenem Eisenbahnanschluss und drei Lokomotiven, sowie fünf Ringöfen. Konstantin war beeindruckt, ließ sich die Sache durch den Kopf gehen und kurze Zeit später stellte er sich dort vor. Er wurde sofort angenommen. Hier wurde er gut eingearbeitet und war nun für das Beschlagen und Reparieren der fabrikeigenen Eisenbahnwagen zuständig. Das

Gleis ging direkt bis vor den Amboss. Und wieder einmal hatte er es gut getroffen. Sogar eine Wohnung war für ihn reserviert, falls er erwägen würde zu heiraten.

Doch lange währte dieses Glück nicht. Seine Eltern baten ihn dringend nach Hause zu kommen, da der Schmied im Dorf sehr krank wäre und Vater Stefan hätte schon alles geregelt. Konstantin haderte sehr mit sich, denn so eine schöne Stelle würde er nie wieder bekommen und zu Hause wusste er nicht was auf ihn zukommt. Doch die Eltern bedrängten ihn so sehr, dass er nachgab und wieder nach Hause fuhr, wohl auch aus Respekt dem Vater gegenüber.

Nach Erledigung aller Formalitäten war Konstantin am 13.Juli 1898 nun Pächter der Schmiede. Nun, 370 Goldmark hatte er gespart und das war viel Geld, aber der Lehrling musste übernommen werden, Eisen und Kohle fehlte, die Pacht war fällig und etwas zum Leben brauchte er ja auch.

Im September des Jahres starb der Schmied. Er hinterließ eine Frau und vier Kinder, zwei Söhne im Alter von 23 und 28 Jahren und zwei Töchter, 20 und 26 Jahre. Da der jüngste Sohn Konstantin nicht gut gesonnen war, wollte er nach dem Tod des Meisters die Schmiede wieder verlassen. Doch das „Weibervolk" bettelte, er solle doch bleiben. Die Witwe würde ihm auch die Schmiede verkaufen, wenn er die jüngste Tochter zur Frau nehme. Er ließ sich überreden und bestellte einen rechtskundigen Mann, zum Aufsetzen des Kaufvertrages. Der Kaufpreis betrug 4500 Mark, welchen sich die fünf Familienmitglieder teilten. Nun hatte er eine eigene Schmiede und gleichzeitig eine Frau.

Es wurde nicht lange gefackelt und die Hochzeit auf den 22.November 1898 angesetzt.

Konstantin, inzwischen 26-jährig, heiratete an einem eisigen Novembertag die 20-jährige Tochter seines ehemaligen Meisters. Von Vater Stefan bekam er das elterliche Erbteil ausgezahlt, nämlich 100 Mark, einen Kleiderschrank und 20 Mark für die

Hochzeitsfeier extra.

Gleich am anderen Morgen in der Früh nahm der Alltag wieder seinen Lauf, denn in der Schmiede war viel zu tun und Arbeit gab es zum Glück genug. Zur Freude der Schwiegermutter dementsprechend auch Geld. Unter Androhung von Schlägen verlangte sie, dass Konstantin ihr jeden Pfennig abgeben sollte, ja sogar das Material für die Schmiede wollte sie ihm, aber nur bis zu einem gewissen Betrag, davon zuteilen. Natürlich war er mit dieser Regelung nicht einverstanden. So gab es deswegen immer wieder Meinungsverschiedenheiten, Streit und sogar handgreifliche Auseinandersetzungen. Tatsächlich versuchte eines Tages seine Frau und die Schwiegermutter, ihn von hinten zu überwältigen und zu verhauen. Doch weit gefehlt, denn er schnappte sie beide gleichzeitig und setzte sie ins alte Eisen. Damit war endlich dieses Thema erledigt. Doch Ruhe und Frieden fand Konstantin in dieser Familie nicht. Immer wieder ging es ums Geld. Die Erbteile für die anderen Kinder wurden von ihm verlangt, die Schmiede musste auch noch abbezahlt werden und unter Beschimpfungen und Beleidigungen wurde immer wieder Geld gefordert. Sogar seinem Vater Stefan tat Konstantin inzwischen leid und wurde von ihm mit tröstenden Worten bedauert, wie: „Dich trifft es auch immer! Du hast ja nur Pech!"

12. Kapitel

Plötzlich ertönt schrill und viel zu laut die Türklingel und Rosmarie schreckt auf. Um Himmelswillen, denkt sie, diese Klingel, unmöglich. Die muss ich aber unbedingt austauschen, oder wenigstens leiser stellen. Doch noch mehr interessiert sie, wer sie denn besuchen kommt. Sie war erst vor ein paar Stunden angekommen und hatte noch keine Gelegenheit, alte Freunde und Bekannte zu informieren. Wirklich, sehr merkwürdig.

Neugierig und auf Zehenspitzen schleicht sie über den Flur und schaut ganz vorsichtig durch den Türspion. Völlig überraschend steht da ihre Mutter, die, weil nicht sofort geöffnet wurde, wieder auf die Klingel drückt. Das hatte sie wahrhaftig nicht erwartet, dass sie sofort nach ihrer Ankunft kommen würde. Klar, dämmert es ihr, sie war tatsächlich die Einzige, die davon wusste, denn sie hatte sie vor ein paar Tagen angerufen und es ihr mitgeteilt, wann sie hier in der Stadt eintreffen würde.

Sofort kommen schon wieder Schuldgefühle bei ihr auf, als sie daran denkt, wie es in ihrer Wohnung aussieht. Überall stehen Umzugskartons herum und Möbel hatte sie so gut wie gar keine.

Ach, worüber rege ich mich denn auf? Ist schließlich meine Sache, nicht mehr ihre. Und außerdem, habe ich sie eingeladen zu kommen?

Sie öffnet die Tür und begrüßt ihre Mutter, eher etwas zurückhaltend, denn überschwänglich.

„Na, ich will doch mal sehen, wo du dich einquartiert hast und wie es dir so geht", sagt sie und vermeidet, als sie in das kleine Wohnzimmer eintreten, allzu deutlich auf das hier herrschende Chaos zu achten. Alleine ihr Blick verrät jedoch, wie sie darüber denkt.

„Leider kann ich dir nichts anbieten, ja noch nicht einmal einen Platz, denn ich muss noch Möbel einkaufen", sagt Rosmarie zu ihr.

„Das macht nichts", antwortet sie, „ich will dich ja auch überhaupt nicht stören, da ich sehe, dass du noch viel zu tun hast. Ich bin nur auf einen Sprung hergekommen, um dir was zu geben."

Dabei holt sie einen Umschlag aus ihrer Handtasche und reicht ihn ihr.

„Das habe ich von meiner letzten Reise aus Schlesien mitgebracht. Nehme an, es wird dich interessieren".

Neugierig öffnet Rosmarie das Couvert und holt ein Schreiben in polnischer Sprache heraus.

„Oh, das kann ich leider nicht lesen. Ist das Polnisch, oder? Weißt du, was das ist?"

„Ja, sicher weiß ich das", und dabei deutet sie auf die Überschrift, die da lautet: **„Akt Zej'scia".**

Das heißt auf Deutsch: Sterbeurkunde."

„Und was hat das zu bedeuten?", fragt Rosmarie und sieht ihre Mutter verständnislos an.

„Ganz einfach. Das ist die Sterbeurkunde deines Vaters und wie du siehst, ist er schon 1950 gestorben. Damit du endgültig Ruhe gibst und mich nicht andauernd damit löcherst. Ich habe dieses Dokument in Seitenberg, heute sagen die da Stronji Slaski, oder so ähnlich dazu, mir ausstellen lassen."

Völlig überrascht starrt Rosmarie ihre Mutter an und kann nur stammeln: „Ja, gut. Schön. Danke dir."

„Ich komme dann mal wieder, wenn du dich hier etwas wohnlicher eingerichtet hast", dreht sich um und geht Richtung Ausgang.

„Aber, nein, so warte doch noch einen Moment", ruft sie ihr nach und eilt hinterher, nachdem sie sich ein wenig von diesem Schreck erholt hat.

„Wir müssen darüber reden. Wie bist du an diese Urkunde gekommen?"

„Was spielt das denn jetzt für eine Rolle?", entgegnet sie ihr, bereits die Türklinke in der Hand haltend, „ich habe dir deinen Wunsch erfüllt und somit meine Pflicht getan. Näher möchte ich nicht mehr darauf eingehen. Lass einfach die Vergangenheit ruhen."

Im Hinausgehen ruft ihr Rosmarie noch zu: „Verstehen kann ich das trotzdem nicht. All die Jahre hast du mir immer wieder gesagt, dass du noch nicht einmal den Namen meines Vaters weißt. Und nun dies hier?"

Dabei hält sie ihr den Wisch vor die Nase.

„Das passt doch nicht zusammen. Kannst du mir vielleicht erklären, wieso du auf einmal weißt wie er heißt und wo er gewohnt hat?"

„Ja, ich habe das von einer früheren Nachbarin erfahren. Und nun Schluss damit. Ich will davon nichts mehr hören und habe auch keine Lust noch weiter darüber zu diskutieren. Bis dann!"

Sie dreht sich um, zieht die Haustür hinter sich zu und lässt ihre Tochter ratlos zurück.

Rosmarie geht ins Zimmer zurück, setzt sich auf einen Umzugskarton und starrt auf die Urkunde. Das Einzige was sie entziffern kann sind die Zahlen. Selbst die sonstigen Angaben sind alle in einem ziemlich unleserlichen Latein geschrieben.

Das Sterbedatum ist wohl der 19.07.1950 und das Geburtsdatum der 05.04.1911. Auf dem Stempel der Behörde kann man, auch etwas unleserlich, Stronji Slaski erahnen. Das ist aber auch schon alles. Es hilft nichts, wollte sie mehr erfahren, dann muss das Schreiben unbedingt in Deutsch übersetzt werden. Doch, wer beherrscht denn in ihrem Bekanntenkreis polnisch? In Gedanken geht sie alle Bekannten und Freunde durch, aber es fällt ihr absolut niemand ein.

Notfalls muss sie ein Übersetzungsbüro damit beauftragen, auch wenn ihre finanzielle Situation im Moment nicht gerade rosig ist. Aber das ist ihr sehr wichtig und deshalb will sie schon am nächsten Tag auf die Suche gehen.

13. Kapitel

Rosmarie hat sich von einem Bekannten einen Kombi ausgeliehen und ist nun auf dem Weg zu einem großen Möbelhaus. Als sie um die Ecke Richtung Einkaufszentrum biegt, sieht sie einen kleinen Frisiersalon, den sie noch von früher her gut kannte. Eine Schulfreundin arbeitete dort und hat ihr immer die Haare gemacht. Sie muss an einer Ampel anhalten und staunt, als sie über dem Eingang ein Schild sieht mit der Aufschrift: „Vronis Frisiersalon".

Vroni? Ja, Vroni heißt ihre damalige Freundin. Also, hatte sie es doch tatsächlich geschafft und das Geschäft ist nun offensichtlich ihres. Aber, wie heißt sie nochmal mit Nachnamen? Ja, richtig, Jasiewicz und das besagt doch bestimmt, dass sie oder ihre Eltern dem Namen nach zu urteilen aus Polen stammen. Na, wenn das kein Zufall ist. Kurz entschlossen hält sie an der nächsten Gelegenheit, parkt das Auto und begibt sich zu dem nahegelegenen Laden. Die Freude ist groß, als sich die beiden Schulfreundinnen wiedersehen und sich in die Arme nehmen. Zum Glück ist nicht allzu viel Betrieb heute und Vroni kann sich die Zeit nehmen und im Hinterzimmer mit Rosmarie einen Kaffee trinken. Sie tauschen sich über die Erlebnisse der vergangenen Jahre aus und schon bald kommt Rosmarie auf die polnische Sterbeurkunde zu sprechen. Sie fragt sie, ob sie die Möglichkeit hätte, diese ins Deutsche zu übersetzen. Vroni muss ihr jedoch gestehen, dass ihre Polnischkenntnisse sehr bescheiden sind, aber sie versprach ihr, ihre Eltern darum zu bitten. Sehr erfreut darüber gibt Rosmarie ihr das Dokument und sie verabreden, sich in den nächsten Tagen wieder zu sehen.

Sehr erleichtert und gut gelaunt geht Rosmarie zurück zu ihrem Lieferwagen und fährt weiter zum Einkaufszentrum.

14. Kapitel

Ein paar Tage später sieht sich Rosmarie in ihrer Wohnung um und freut sich über die nun so richtig wohnliche und gemütliche Ausstattung ihrer Bleibe. Es ist ja schon erstaunlich, was man auch mit sehr bescheidenen finanziellen Mitteln mit viel Kreativität und Geschmack machen kann. Sie zündet sich eine Zigarette an, nimmt einen Schluck aus der Kaffeetasse und macht es sich auf der neuen Couch bequem. Am liebsten würde sie sich wieder den Aufzeichnungen ihres Großvaters widmen, angeregt auch von einem Familienbild aus längst vergangenen Zeiten. Ihre Tante Anita hatte es ihr vor kurzem geschenkt, sie hatte es rahmen lassen und nun hängt es über dem Sofa an der Wand. Aber die Neugier auf die Übersetzung überwiegt und deshalb zieht sie sich an, leert die Kaffeetasse im Hinausgehen, drückt die Zigarette im Aschenbecher aus und fährt mit der Straßenbahn zu Vronis Frisiersalon.

Die Enttäuschung ist groß, als sie von einer Angestellten erfährt, dass Vroni nicht da ist und auch erst spät am heutigen Tag zurück sein wird. Gerade als sie wieder gehen will, fragt sie diese, ob sie vielleicht nur einen Termin bei ihr haben wolle, oder um was es denn geht.

„Nein, einen Termin will ich nicht", sagt sie zu ihr, „es geht um was Privates. Ich komme dann später noch einmal vorbei, um das Schreiben abzuholen."

„Ein Schreiben, sagen Sie? Meinen Sie vielleicht das hier?"

Sie greift in die Schreibtischschublade, holt einen Umschlag hervor, worauf Rosmarie geschrieben steht.

„Ja, damit bin ich wohl gemeint."

„Schön, dann darf ich Ihnen das ja geben". Sie übergibt ihr den Umschlag mit einem freundlichen Lächeln.

„Und viele Grüße von der Chefin soll ich Ihnen noch ausrichten."

„Besten Dank. Grüßen Sie bitte zurück und sagen sie ihr, ich werde die nächsten Tage mal reinschauen und mich bei ihr persönlich bedanken."

Rosmarie eilt in den gegenüberliegenden Park, setzt sich auf eine Bank und kann es kaum erwarten zu erfahren, was in dem Dokument steht. Fein säuberlich ist die deutsche Übersetzung neben den polnischen Wörtern aufgeschrieben.

Die Überschrift lautet: Sterbeurkunde.

So wie es ihre Mutter bereits gesagt hatte.

Dann stehen da die Personalien, Wohnort, Beruf, Geburtsdatum, Namen der Eltern und seiner Frau. Sie stutzt, demnach war er wohl verheiratet, was ihr bisher unbekannt war. Nun, bis auf diese Angaben ist eigentlich alles so, wie man es erwarten konnte. Dann musste er wahrscheinlich nach der Vertreibung ihrer Mutter geheiratet haben. Oder war er vielleicht schon vorher verheiratet und es war ein Seitensprung? Davon hatte ihre Mutter nie etwas gesagt. Aber sie hat sowieso nie Einzelheiten erwähnt.

Doch etwas fällt ihr auf, denn sein Geburtsdatum ist der 05.04.1911. Demnach war er immerhin vierzehn Jahre älter als ihre Mutter. Nun, vierzehn Jahre Altersdifferenz ist schon etwas ungewöhnlich, hat aber wahrscheinlich nicht viel zu bedeuten. Gibt es ja immer wieder, auch heutzutage.

Aber dann kommen die Angaben bezüglich seines Todes und Rosmarie kann kaum glauben, was sie da sieht. Sie muss es mehrmals lesen, kann aber absolut nicht verstehen, was damals passiert sein musste.

Es stand nur: Ort, Datum und Uhrzeit des Todes, nämlich am 19.07.1950, 18.00 Uhr. In Neugersdorf wurde der Leichnam vor dem Haus Neugersdorfer Straße Nr. 10 gefunden.

Der Verstorbene ist keines natürlichen Todes gestorben.

Ja, aber was dann? So fragt sie sich. Heißt das, er wurde ermordet? Oder war es Selbstmord? Was bedeutet denn diese Aussage?

Sie liest immer wieder das gesamte Dokument durch, aber es

gibt darin keinerlei weitere Hinweise über die Todesart.

Es bleibt ihr wohl nichts Anderes übrig, als ihre Mutter dazu zu befragen. Wer sonst könnte noch was darüber wissen?

Sie war schließlich diejenige, die diese Sterbeurkunde besorgt hatte. Vielleicht weiß sie mehr über diesen mysteriösen Fall.

Allerdings hat Rosmarie nur wenig Hoffnung von ihr mehr zu erfahren. Aber trotzdem, es ist die einzige Spur, um vielleicht doch ein wenig Klarheit zu bekommen.

So macht sich Rosmarie auf den Weg zu Mutters Arbeitsstelle in der Innenstadt.

Da bald Mittagspause ist, geht sie direkt in ein nahegelegenes Restaurant, wo diese meist ihre Mahlzeit zu sich nimmt. Doch sie hat Pech, denn sie ist nicht aufzufinden. Deshalb befragt sie eine ihr bekannte Mitarbeiterin, die ihr jedoch sagt, dass ihre Mutter heute einen freien Tag hat und sie eine Freundin besuchen will.

Etwas enttäuscht begibt sich Rosmarie wieder zurück in ihre Wohnung und beschließt, die Aufzeichnungen ihres Großvaters weiter zu lesen, in der Hoffnung, vielleicht in seinen Angaben einen Hinweis auf ihren Vater und überhaupt auf die ganzen schwierigen Verhältnisse dieser Zeit zu erfahren.

15. Kapitel

Nach zehn Jahren, zwar oft am Ende seiner Kräfte und verbittert über die Familie, konnte Konstantin 1908 endlich den Rest seiner Schulden bezahlen. Doch lange hielt diese für ihn doch sehr befreiende Situation nicht an. Seine Schwiegermutter, inzwischen eine recht korpulente Frau, erkrankte schwer. Da es auch zu dieser Zeit schon Heiratsverträge gab und Konstantin seinerzeit unterschrieben hatte, für die Ernährung und Pflege seiner Schwiegermutter bis zu ihrem Ende aufzukommen, musste er nun zu seiner Arbeit auch noch dieser Pflicht nachkommen. Tag und Nacht, fast stündlich, musste die Schwiegermutter aus dem Bett gehoben, auf das Nachtgeschirr gesetzt, saubergemacht und wieder ins Bett gelegt werden. Den eigenen Kindern graute davor und so blieb ihm nichts Anderes übrig, als diese schwere und nicht gerade angenehme Arbeit alleine zu erledigen. Jedoch, der Herr hatte ein Einsehen und befreite ihn nach endlosen neunzehn Tagen, am 25. Januar 1909, und nahm sie zu sich.

Das einzig freudige Ereignis in dieser Zeit war 1902, da die Wahl zum Feuerwehrkommandanten stattfand und er mit dieser Auszeichnung geehrt wurde.

Im Laufe der Zeit wurde Konstantin noch weitere Ehrungen und Ämter angetragen, welche er mit Stolz entgegennahm. Im Jahre 1911 bekleidete er das Amt des stellvertretenden Direktors der Sparkasse und in diesem Jahr wählte man ihn er außerdem noch zum Bürgermeister von Neugersdorf.

Doch das Schicksal machte vor Konstantin keinen Halt. Im Jahre 1912 erkrankte nun seine Frau. Diagnostiziert wurde die Herzbeutelwassersucht. Trotz Aufsuchen verschiedener Doktoren und Heilkundigen konnte sie niemand heilen. Noch im selben Jahr am 23.12., einen Tag vor Heilig-Abend, verstarb sie im Alter von nur vierunddreißig Jahren und konnte ihm auch kein Kind hinterlassen, da alle vorangegangenen Schwangerschaften immer erfolglos blieben und keine Kinder überlebt hatten.

„Das war ein trauriges Weihnachten für ihn, ja ihn traf es wieder einmal. Das Alleinsein, das ist schwer." Klagte er.

Doch damit nicht genug. Kaum war seine Frau unter der Erde, gingen die Streitereien um das Erbe los. Ihre Familie verlangte nun von allem Inventar die Hälfte und noch 450 Mark obendrein. Da Konstantin keine Kinder hatte, hatten sie bei einer kinderlosen Ehe wohl auch Anspruch darauf. Doch dessen nicht genug, sie wollten immer mehr, da ihnen das Erbe nicht reichte. Kurze Zeit später, als Konstantin seines Amtes wegen als Bürgermeister in der Kreisstadt verweilte und spät abends nach Hause kam, war sein ganzes Haus ausgeräumt. Ihm hatten sie nur sein Federbett gelassen. Obwohl er die Verwandtschaft auf die Rückgabe der Sachen gerichtlich hätte belangen können, ließ er nur ein Hausverbot erteilen, da er endlich seine Ruhe vor ihnen haben wollte.

Nun stand er wieder ganz alleine da. Zum Trauern und Ärgern war keine Zeit. Er hatte seine Schmiede, Landwirtschaft, Vieh, jedoch keinen Hausrat mehr. In dieser sehr schwierigen Situation war er gezwungen, sich um eine passende Ehefrau umzusehen. Und er hatte Glück.

Eine ehemalige Köchin, welche elf Jahre in Berlin gearbeitet hatte, kam wegen eines Nierenleidens als Rentnerin in die Heimat zurück. Hier wurde sie nun als gesund erklärt und ihr wurde deshalb die Rente wieder gestrichen. Ohne lange zu überlegen machte Konstantin eine Anfrage wegen des Heiratens bei ihr. Diese willigte ein, erklärte ihm aber, sich vorher nochmal untersuchen zu lassen, denn eine kranke Frau würde ihm ja nichts nützen. Als die Bescheinigung vom Arzt eingetroffen war, er könne diese Person ohne Bedenken heiraten, sie wäre gesund, wurde ganz in Eile die Ehe geschlossen.

Am 19.Juli 1915 kam die erste Tochter zur Welt und bereits nach zwei Jahren wurde noch eine Tochter geboren, die jedoch leider bereits nach nur neun Wochen verstarb.

Aber der Kummer wollte einfach kein Ende nehmen. Bedingt durch eine Erkältung fing das Nierenleiden der Ehefrau wieder an. Wochenlang wurde bei verschiedenen Ärzten herumgedoktert. Bei einem dreiwöchigen Krankenhausaufenthalt in Glatz wurde ihr eine Seite aufgeschnitten und nur grüner Eiter kam heraus. Dann wurde sie nach Breslau in das Josefs-Krankenhaus verlegt. Hier entfernte man ihr eine Niere.

Fatalistisch bemerkte Konstantin: *„Operation gut verlaufen, Patient tot."*

Da er in keiner Krankenkasse war, kostete diese Operation ihn 420 Mark. Dazu kamen noch die Überführung von Breslau nach Neugersdorf und die Beerdigungskosten. Nochmals 1500 Mark in Gold gingen weg und wieder einmal stand er vor dem Nichts. Kein Geld mehr und keine Frau. Dem nicht genug, verlor er durch Schiebung auch noch seinen Bürgermeisterposten.

„Da musste er wieder an die Worte seines Vaters denken: Dir passiert auch alles."

Was blieb ihm also anderes übrig, als sich wieder nach einer neuen Frau umzusehen. In der Nachbarschaft gab es eine ledige Frau und so wurde ihm angeraten, bei ihr anzufragen. Sie antwortete ihm, dass sie kein Geld hätte um zu heiraten. Doch Konstantin sagte zu ihr: *„Ich brauche kein Geld, ich brauche nur ein Weib."*

Und so wurde Auguste Latzel seine dritte Frau. Sie gebar ihm drei Töchter, Anita, Magda und Heidi. In guten wie in schweren Zeiten hielt sie treu zu ihm und sie führten eine durchaus glückliche Ehe. Einzig, dass ihnen kein Sohn und somit ein Nachfolger für seine Schmiede geboren wurde, bekümmerte ihn sehr.

In der Inflationszeit verlor Konstantin nochmals sein Geld und wieder musste jeder Pfennig umgedreht werden. Jedoch durch Fleiß und viel Arbeit kamen sie wieder auf die Beine und lebten soweit endlich zufrieden in dem vom Weltgeschehen abgelegenen Tal bis zum Kriegsende. Von den Grauen des Naziregimes erfuhren sie so gut wie nichts, da selbst der Radioempfang kaum möglich war und so konnte Konstantin auch nur über Gerüchte, für die er prinzipiell nicht empfänglich war, etwas erfahren haben.

Aus diesem Grund machte er auch in seinen Aufzeichnungen darüber keine weiteren Angaben.

Dann kam das Kriegsende und somit die Besetzung von Schlesien durch Polen und im September 1946 mussten die letzten Deutschen von Neugersdorf binnen weniger Stunden ihre Habseligkeiten packen und wurden aus der Heimat vertrieben.

Konstantin klagte: *„Ich war achtundvierzig Jahre selbständig gewesen und musste die liebgewordene Scholle verlassen. Das hat mich in der Seele erbarmt.“*

*

Rosmarie legt das Büchlein zur Seite, denn was er jetzt noch schilderte, weiß sie bereits aus Erzählungen, Geschichten und Gesprächen mit ihren Großeltern und ebenfalls Vertriebenen in Leipzig. Immer wieder erzählten sie von der Flucht und den damit verbundenen überaus schwierigen und entbehrungsreichen Anfängen in der neuen Heimat.

Sehr enttäuscht stellt sie fest, dass ihr Großvater mit keinem Wort die familiären Probleme, gewollte oder ungewollte Schwangerschaften, ganz zu schweigen über eine Beziehung seiner Tochter zu einem Mann, auch nur Ansatzweise was berichtete. Und wieder taucht für sie die Frage nach dem warum und wieso auf.

Was wurde da unter den Teppich gekehrt? Sollte es wirklich der Pole Franzinek aus der Sterbeurkunde gewesen sein? Und falls ja, unter welchen Umständen ist er ums Leben gekommen? Wer kann ihr nur dabei helfen, Licht ins Dunkel zu bringen? Ganz sicher nicht ihre Mutter, das ist ihr bewusst.

Vielleicht wäre es ganz gut, wenn sie mit ihrer Tante Anita ein Gespräch führen würde?

Sie konnte sehr gut mit ihr und ein gewisses Vertrauensverhältnis besteht schon seit ihrer Kindheit.

Das ist eine gute Idee, denkt Rosmarie und beschließt, sobald es ihre Zeit erlaubt, sie zu besuchen. Ein Vieraugengespräch mit ihr könnte vielleicht ein wenig Licht ins Dunkel bringen.

16. Kapitel

Ein paar Tage später klingelt Rosmarie an der Haustür ihrer Tante. Kurz darauf erscheint sie, ist hocherfreut über ihren Besuch, da sie sich seit längerem nicht mehr gesehen hatten und bittet sie einzutreten.

„Ist Onkel Kurt denn auch da?", ist ihre erste Frage, als sie im Flur stehen und den Mantel an der Garderobe aufhängt.

„Nein, der hat heute Auswärtstermine und kommt sicherlich erst spät am Abend zurück. Du weißt doch, er ist ein viel beschäftigter Mann. Komm, geh schon mal voraus ins Wohnzimmer. Ich habe gerade Kaffee aufgesetzt und bringe ihn gleich."

Erleichtert, dass sie alleine sind, nimmt Rosmarie auf dem Plüschsofa Platz und besieht sich die vielen Erinnerungsfotos, die über der Anrichte hängen. Die meisten kannte sie ja von früher her, aber an eines kann sie sich nicht mehr erinnern. Es ist ein Familienfoto, das die Großeltern zeigt, vier Mädels und ein kleiner Dackel. Sie steht auf, nimmt es von der Wand, um es sich genauer anzuschauen. In diesem Moment erscheint ihre Tante mit einem Tablett in der Hand, auf dem die Kaffeekanne und die Tassen mit ein klein wenig Gebäck stehen. Sie stellt es auf dem Beistelltischchen ab, schenkt den Kaffee aus und kommt zu ihr, um zu sehen, was sie da so interessiert mustert.

„Das ist neu, dieses Bild. Ich habe mich sehr gefreut, als ich das in Großvaters Nachlass gefunden habe. Eine schöne Erinnerung für mich."

„Ja, auch für mich. Doch wen genau stellt es denn da? Und wann wurde die Aufnahme gemacht?"

„Die Großeltern in der Mitte, auf der Bank sitzend, erkennst du sicherlich."

Rosmarie nickt bejahend.

„Links bin ich zu sehen, auf Omas Knie sitzend ist Heidi, auf Opas Knie deine Mutter und unsere Älteste Lina steht in der Mitte.

Aber den Namen unseres Dackels habe ich leider vergessen. Ich schätze, es dürfte so ungefähr um das Jahr 1926 oder auch 1927 aufgenommen worden sein."

„Ja, wirklich, Tante", bestätigt Rosmarie, „eine sehr schöne Erinnerung an alte Zeiten."

Sie setzen sich hin, trinken Kaffee und nehmen Kekse zu sich.

„Wenn wir schon von der Vergangenheit reden", fährt Rosmarie fort, „dann würde ich sehr gerne mit dir auf Dinge zu sprechen kommen, die mich schon lange beschäftigen und über die ich leider mit Mutter nicht reden kann."

„So, was meinst du denn?"

„Ach, Mutter weicht immer wieder aus, wenn ich sie frage, wer denn eigentlich mein Vater ist. Ich weiß noch nicht einmal, ob er tot ist oder vielleicht sogar noch lebt. Nun hat sie mir eine polnische Sterbeurkunde vorgelegt und behauptet, dass dieser Mann, ein gewisser Franzinek, mein Vater gewesen wäre und er bereits 1950 gestorben ist. Weißt du vielleicht mehr darüber?"

Aus dem Augenwinkel bemerkt Rosmarie bei dieser Bemerkung ein kaum wahrnehmbares leichtes Zucken in Anitas Mimik.

Nach einem kurzen Moment des Zögerns sagt sie zu ihr: „Nun, es kann doch sein, weshalb denn nicht?" Sie erwartet wohl keine Antwort auf diese rhetorische Frage und fährt fort: „Aber zunächst erst einmal, wo hat sie denn diese Urkunde überhaupt her?"

„Sie ist vor kurzem mit einer Reisegesellschaft nach Schlesien gefahren, auch nach Neugersdorf, in die alte Heimat. Hat sie dir das denn nicht gesagt?"

„Nein, davon weiß ich nichts. Aber das wundert mich nicht, da dir ja bekannt ist, wie schwierig und angespannt unser Verhältnis seit langem ist."

„Das sieht ihr ähnlich. Ich werde es wohl nie verstehen, warum das so ist. Nun, von dieser Reise hat sie dieses Dokument mitgebracht."

Dabei kramt sie aus ihrer Handtasche das Schreiben hervor und reicht es ihr rüber.

„Die deutsche Übersetzung habe ich von Freunden erhalten. Sie steht über der polnischen Sprache, damit man weiß, um was es da geht."

Anita sieht sich das Schreiben ganz genau und interessiert an und Rosmarie entgeht nicht, wie sehr sie dieses innerlich berührt.

Sie vermeidet es Rosmarie anzusehen, schaut unter sich und gibt ihr nach einer kleinen Weile das Schreiben wieder zurück.

„Rosi, es tut mir ja sehr leid, aber dazu kann ich beim besten Willen nichts sagen. Ich weiß darüber absolut nichts."

„Wie bitte?", entgegnet Rosmarie und sieht ihre Tante erstaunt und auch etwas verärgert an, „du wirst mir doch nicht sagen wollen, dass du keine Ahnung hast, was damals 1946 in Neugersdorf geschehen ist? Du bist schließlich ihre Schwester und willst nicht gewusst haben, mit wem sie sich eingelassen hatte? Von wem sie schwanger wurde? Das glaube ich dir einfach nicht."

„Das wirst du aber leider müssen, denn sie war schon immer in solchen Dingen sehr verschwiegen und hat uns nichts davon erzählt, ja, ich bin mir fast sicher, sogar unsere Eltern wussten nichts davon. Also, ich habe damals nichts erfahren und auch später hat sie mir nie was darüber gesagt und heute nach so langer Zeit wird sie ganz bestimmt weiterhin schweigen. So wie ich sie kenne, wird sie das bestimmt mit ins Grab nehmen."

Entgeistert starrt Rosmarie ihre Tante an. Sie glaubt ihr kein Wort. Ihr liegt es auf der Zunge alles zu sagen, was sie weiß, aber sie lässt es sein und resigniert, da sie die einzige Person in der Familie ist, die ihr was bedeutet und die immer gut zu ihr ist. Dieses gute Verhältnis will sie auf keinen Fall gefährden.

Ihre Mutter hatte nämlich bei einem ihrer vielen Streitigkeiten völlig unbedacht etwas Ungeheuerliches von sich gegeben. Sie hatte behauptet, dass ihre immerhin damals verheiratete und mit einem Söhnchen bedachte, ach so ehrenvolle Schwester, ebenfalls schwanger war. Und das nicht etwa von ihrem Mann, der sich zu dieser Zeit auf der Flucht befand und niemand auch nur ahnte, wo er sich als ehemaliger SS-Mann versteckt hielt. In ihrem Zorn erwähnte sie, ihr Vater hätte damals für die Schwester eine Abtreibung bezahlt, jedoch für sie selbst wäre dann kein Geld mehr zur Verfügung gewesen und sie musste somit ihr Kind austragen, nämlich sie, Rosmarie. Und als Zugabe behauptete sie sogar noch, dass diese Schwangerschaft ebenfalls von Rosmaries Vater zu verantworten gewesen sein sollte. Das war schon ein absoluter Hammer für Rosmarie gewesen und sie wollte es einfach nicht glauben, hatte aber auch niemand, der ihr dazu etwas sagen konnte oder wollte.

Das alles hätte sie ihrer Tante eigentlich an den Kopf werfen müssen, damit wenigstens sie offen und ehrlich mit ihr darüber reden würde, aber sie schafft es einfach nicht, das auszusprechen.

Deshalb sagt sie nur enttäuscht zu ihr: „Und ich, ich bleibe wie immer auf der Strecke und muss mich wohl damit abfinden niemals die Wahrheit zu erfahren."

Ihre Tante nimmt sie in den Arm und versucht sie zu trösten, was ihr nur leidlich gelingt, denn diese Geste wirkt irgendwie aufgesetzt und unaufrichtig.

„Ich weiß wirklich nicht mehr darüber", wiederholt sie sich, so als müsse sie sich entschuldigen, „so leid es mir auch tut. Nimm es halt einfach hin und akzeptiere die Erklärung von ihr, dass dein Vater schon lange tot ist und lebe dein Leben. Lass die Vergangenheit ruhen. Es hat doch keinen Sinn immer wieder darin zu rühren. Du bist noch so jung und hast dein ganzes Leben vor dir."

*

Sie hat ja recht, meine liebe Tante, denkt Rosmarie, als sie in der Straßenbahn sitzt und in jeder Kurve richtig durchgeschüttelt wird. Was mache ich mir denn dauernd einen Kopf darüber, was oder wer mein Vater ist. Ich muss mich jetzt um mein Leben kümmern. Nur das zählt.

Aber dennoch, es belastet schon, wenn man nicht weiß, woher die restlichen fünfzig Prozent der Gene kommen. Und bei mir besonders, weil ich mir sicher bin, dass ich nur einen Bruchteil der Gene meiner Mutter geerbt habe, denn dieser Frau möchte ich wirklich nicht ähneln. Im Spiegel sehe ich schon, dass ich, verglichen mit alten Bildern von ihr, eine gewisse Ähnlichkeit habe, aber charakterlich, nein, da sehe ich überhaupt keine Übereinstimmung. Zum Glück!

Ach, was sollen diese trüben Gedanken. Es ist doch gut, ich bin so, wie ich bin und, ob das nun Gene von dem mir unbekannten Vater sind, oder ich habe sie von meinen Vorfahren geerbt, ist doch im Grunde genommen völlig unwichtig. Hauptsache, ich fühle mich gut und gehe mein Leben so an, wie ich es für richtig halte.

Mit diesem Hochgefühl geht sie in ihre kleine bescheidene Wohnung und blickt zuversichtlich in die Zukunft. Sie nimmt sich vor, gleich am nächsten Tag Vroni aufzusuchen, um sich bei ihr zu bedanken und die alte Freundschaft wieder aufleben zu lassen.

Teil 2 - Rosmarie

17. Kapitel

Das war eine super Idee von dir", wendet sich Rosmarie freudestrahlend Vroni zu, als sie aus dem Zugfenster schauen und die Häuser der Vorstadt von Hannover an ihnen vorbei sausen.

„Olympia in München, ein Traum. Und dann gemeinsam mit dir. Es ist zu schön um wahr zu sein. Aber du hattest ja auch schon früher so verrückte Ideen und konntest mich damit begeistern."

„Ja, ich freue mich auch, vor allem, dass du so spontan zugesagt hast. Denn eigentlich dachte ich, ich müsste diese Reise alleine machen. Und nun, mit dir, wird es bestimmt viel schöner."

„Die ganze Welt schaut nach München und wir sind mittendrin. Das können wir noch unseren Enkelkindern erzählen", schwärmt Rosmarie.

„Ich mache mir nur Gedanken darüber, dass wir nur eine Eintrittskarte für die Eröffnungsfeier im neuen Olympiastadion haben. Meinst du denn wirklich, wir können noch eine ergattern, vielleicht auf dem Schwarzmarkt?"

„Ach, ich glaube schon. Du kennst meinen Bruder nicht. Der macht einfach alles möglich. Ein toller Bursche, wie der sich entwickelt hat, seit er in München heimisch geworden ist. Der hat gute Beziehungen und wird uns bestimmt helfen."

„Na klar kenne ich ihn, deinen Bruder Andreas. Der war damals doch auch auf unserer Schule, allerdings ein oder zwei Jahrgänge über uns. Und ganz nebenbei, ich habe, wie eigentlich fast alle Mädchen aus unserer Klasse, auch für ihn geschwärmt. Aber uns hat dieser Schnösel überhaupt nicht beachtet und immer nur nach den Älteren geschielt. Nun, das ist alles schon lange her und ich freue mich, ihn in München wiederzusehen. Hat er sich wirklich so sehr verändert?"

„Ja, München hat ihm richtig gutgetan. Zuerst hatten unsere Eltern ziemlich große Bedenken, als er alleine in diese große Stadt gezogen ist, auch noch in eine Wohngemeinschaft in dem berüchtigten Schwabing. Ich nehme an, er hat da nichts ausgelassen und sein Studentenleben war bestimmt nicht gerade langweilig", fügt Vroni verschmitzt hinzu.

„Nur jetzt, nach Abschluss des Studiums, hat er sich sehr verändert. Er hat nun eine feste Anstellung bei einer großen Firma; nur frag mich bitte nicht nach dem Namen, den habe ich tatsächlich vergessen. Er trägt auch schon eine gewisse Verantwortung, ist wesentlich gereifter und ich denke, er wird bestimmt Karriere machen."

„Oh, da erstarre ich ja fast vor Ehrfurcht", ulkt Rosmarie, „aber ich finde es sehr schön, dass du so stolz auf ihn bist. Na, dann lasse ich mich mal überraschen von deinem älteren Bruder", und leicht ironisch fügt sie noch hinzu, „und ich hoffe doch, er wird mich diesmal wenigstens beachten."

Die Zugfahrt vergeht wie im Fluge, denn die beiden albern herum und haben sich unendlich viel zu erzählen. Da Vroni immer wieder in den Gesprächen mit ihr auf Andreas zu sprechen kommt, vermutet Rosmarie fast, sie beabsichtigt damit etwas. Deshalb fragt sie gerade heraus: „Sag mal, liebe Vroni, es kommt mir fast so vor, als hättest du was im Sinn, da du mir andauernd so schwärmerisch von ihm berichtest. Ich habe beinahe das Gefühl, du willst uns verkuppeln?"

Vroni lacht herzhaft und antwortet ihr nach einem kurzen Moment des Nachdenkens, nun wieder etwas ernsthafter: „Ja, ich kann es nicht leugnen, es würde mir sehr gefallen, wenn ihr zwei zusammenkommen könntet. Seit wir uns vor Kurzem wiedergesehen haben, musste ich sofort daran denken, wie gut ihr zusammenpassen würdet. Ich kenne meinen Bruder ja nun mal sehr gut und dich auch und habe festgestellt, wie viele Gemeinsamkeiten ihr beide habt. Ach, es wäre wirklich sehr schön, wenn ich recht hätte. Komm, lass es doch einfach mal auf dich zukommen und vielleicht trügt mich ja mein Gefühl nicht und es passt wirklich."

Rosmarie schaut sie verwundert an, da ihr so ein Gedanke überhaupt nicht in den Sinn gekommen war. Nach einer kleinen Weile des Überlegens versichert sie ihr, dass sie offen sei und sie nichts ausschließen möchte. Jedoch über eine Beziehung hatte sie nun wirklich nicht nachgedacht.

Nun, was soll's, denkt sie, lass es einfach geschehen. Mal sehen, was die Zukunft so bringt.

Im Moment ist sie einfach nur glücklich und freut sich auf die kommenden Tage in der bayrischen Hauptstadt, auf das internationale Flair und nun auch ein wenig auf das Treffen mit Andreas. All ihre Sorgen lässt sie weit zurück und das tut so richtig gut.

18. Kapitel

Die Begrüßung ist überaus herzlich, als Andreas die beiden am Bahnhof in München abholt, auch wenn er sichtlich überrascht ist, dass Vroni eine Freundin mitgebracht hat. Zunächst hat er Rosmarie überhaupt nicht erkannt, was ja auch kein Wunder ist, wenn man bedenkt wie viele Jahre seit dem Schulende vergangen sind.

„Meine Güte", staunt er, „du hast dich ja gewaltig herausgemacht. Dich hätte ich ganz sicher nicht mehr erkannt, wenn wir uns zufällig irgendwo begegnet wären. Eine richtige junge Dame steht hier vor mir. Die Haare länger und die Sommersprossen sind fast weg. Gut siehst du aus. Alle Achtung. Und das meine ich wirklich ganz ehrlich und will dir damit nicht schmeicheln."

Rosmarie ist es schon ein wenig unangenehm, aber trotzdem gefällt es ihr, mit so einem schönen Kompliment empfangen zu werden. Als er sich seiner Schwester widmet, kommt sie nicht umhin ihn genauer anzusehen.

Ja, er sieht noch genauso gut aus wie sie ihn in Erinnerung hatte. Nein, jetzt sogar noch etwas attraktiver, mit einem Dreitagesbart und die Gesichtszüge, jetzt viel männlicher. Es ist eigentlich sehr verwunderlich, ein so gutaussehender Mann sollte noch nicht vergeben sein? Aber, vielleicht ist er es ja auch nicht mehr und Vroni weiß einfach nichts davon. Also, vorsichtig sein und ja nicht den Anschein geben, es liege mir was an ihm. Erst mal abwarten wie es weitergeht.

„Hast du uns denn ein Zimmer besorgt?", fragt Vroni ihn.

„Ja, das hätte ich gerne getan, aber du kannst dir sicherlich vorstellen, wie es im Moment hier in München zugeht. Es ist so gut wie aussichtslos. Alles was nur einigermaßen bezahlbar ist, ist völlig ausgebucht."

„Ach, und was nun?", sieht sie ihn überrascht an. „Wo sollen wir denn hin?"

„Keine Sorge, liebes Schwesterlein. Das wird schon. Ich hatte dir doch gesagt, dass ich aus der WG ausgezogen bin und habe nun eine zwar kleine, aber immerhin eine eigene Wohnung hier in der Stadt. Da können wir jetzt mit der neuen U-Bahn ganz bequem hinfahren."

„Und gibt es da auch ein Bett, in deiner kleinen Wohnung?", stichelt Vroni belustigt, „oder müssen wir etwa auf dem Boden schlafen?"

„Das wird euch schon gefallen und natürlich dürft ihr in meinem großen Himmelbett schlafen, während ich auf dem Sofa im Wohnzimmer nächtige. Bin ja schließlich ein Gentleman", fügt er lächelnd hinzu.

„Und eine Kochnische gibt es auch. Aber nicht, dass du nun denkst, ich hätte Kochen gelernt. Aber für Kaffee machen und vielleicht mal für Spaghetti reicht das zumindest für mich. Ihr dürft mir aber gerne zeigen, was ihr so könnt."

Andreas schnappt sich beide Koffer und froh gelaunt gehen sie zur Haltestelle und bewundern den nagelneuen Zug, der im Zehnminutentakt zwischen dem Hauptbahnhof und der Innenstadt verkehrt.

19. Kapitel

Am Abend gehen sie gemeinsam in eine gemütliche Schwabinger Studentenkneipe, essen etwas und prosten sich mit einem zünftigen Münchner Bier zu. Dabei entgeht Rosmarie nicht, wie zuvorkommend Andreas ist und wie er sie immer wieder aus den Augenwinkeln heimlich mustert. Ihr geht es ja umgekehrt ähnlich und später am Abend müssen sie alle herzlich lachen, als Vroni leicht beschwipst darüber eine dementsprechende Bemerkung macht.

Dieser erste Abend des Kennenlernens ist wunderbar und macht allen großen Spaß und Lust auf die kommenden Tage.

Auf dem Nachhauseweg nehmen die zwei Damen Andreas in die Mitte und sie schlendern gut gelaunt durch die lauwarme Sommernacht.

Andreas macht es sich mit einem Kissen und einer Decke auf dem Sofa bequem und die Freundinnen verkriechen sich in dem, nun ja nicht in einem Himmelbett, aber in dem recht geräumigen großen Bett im Schlafzimmer.

Nach dem Morgenkaffee verlässt Andreas die beiden, um sich nach einer zusätzlichen Eintrittskarte für die morgige große Eröffnungsfeier der Olympiade zu bemühen.

„Hoffentlich hat er Erfolg", sagt Rosmarie zu Vroni, als sie nach dem Frühstück auf den kleinen Balkon gehen und sich eine Zigarette anzünden.

„Bei diesem herrlichen Wetter würde ich mir das zu gerne ansehen, wie die Athleten mit Fahnen und Musik vorgestellt werden und in das wie ein riesiges Zelt aussehende Olympiastadion einmarschieren. Stell dir vor, die ganze Welt ist hier vertreten. Was für eine Ehre für unser Land", schwärmt sie.

„Ja, dann drücken wir mal ganz fest die Daumen. Ich freue mich auch schon darauf."

Erst am späten Abend kommt Andreas, der sich extra für diese

Tage Urlaub genommen hat, zurück. Seiner Miene war sofort anzusehen, dass es nicht geklappt hat und er mit leeren Händen zurückkommt. Mit großem Bedauern schildert er ihnen seine vergeblichen Bemühungen, doch noch zu einer Eintrittskarte zu kommen. Aber es sollte nicht sein. Das Stadion ist restlos ausverkauft.

„Ich gebe euch meine Karte", sagt er schließlich und versucht es möglichst gut gelaunt rüberzubringen, auch wenn es ihm nicht gut gelingt. „Ich wohne ja hier und kann später jederzeit zu einer anderen Veranstaltung gehen. Ihr sollt diesen Spaß haben und ich kann mir das Ganze ja auch im Fernseher ansehen."

Natürlich protestieren die Freundinnen lautstark, doch Andreas geht nicht mehr von seiner Meinung ab. Wenigstens können sich die beiden bei ihm revanchieren und laden ihn zu einem schmackhaften Essen ein, was sie in der Zwischenzeit in seiner kleinen Küche zubereitet haben. Dazu servieren sie Rotwein und bald kommt auch wieder ganz schnell eine lockere und vergnügliche Stimmung auf, auch wenn es alle bedauern, dass er nicht mitgehen kann und sie es nicht gemeinsam erleben können.

20. Kapitel

Obwohl er keine Karte hat, lässt es sich Andreas nicht nehmen die beiden zum Stadion zu begleiten. Ein riesiges Gedränge herrscht an den Eingängen und nur mit Mühe finden sie endlich den in der Karte angegebenen Gang und ihre Sitzplätze. Andreas macht sich auf den Heimweg und verspricht ihnen, sie am Ende der Veranstaltung hier wieder abzuholen.

Bei strahlendem Sonnenschein begrüßt Joachim Fuchsberger, der bekannte Film-und Fernsehstar, als Stadionsprecher alle Gäste aus der ganzen Welt. Ein buntes Fahnenmehr begleitet die vielen Athleten und sie werden stimmungsvoll von den Zuschauern auf das Herzlichste begrüßt. Was für eine tolle Atmosphäre hier herrscht und jeder, der dabei ist, ist glücklich und froh darüber und auch ein wenig stolz darauf, wie Deutschland sich der Welt präsentiert.

Viele Stunden dauert die Veranstaltung und da Andreas alles im Fernsehen verfolgt hatte, ist er pünktlich am verabredeten Platz und trotz der Menschenmenge finden sie sich alsbald wieder. Gemeinsam gehen sie zur U-Bahn und alle schwärmen nur so von diesem einmaligen Ereignis. Obwohl alle Kneipen randvoll sind, kehren sie In Schwabing ein. Es gibt zum Glück auch Theken und für ein Bier reicht das ja aus. Die Stimmung in der ganzen Stadt ist unbeschreiblich und die drei amüsieren sich prächtig.

Am nächsten Morgen nach dem gemeinsamen Frühstück heißt es Abschied nehmen. Alle drei sind sehr traurig, aber es geht nicht anders. Vroni muss dringend in ihren Laden, Andreas kann nicht länger Urlaub bekommen und Rosmarie muss sich um ihre Arbeitsstelle kümmern. Sie geloben feierlich, sich möglichst bald wieder gegenseitig zu besuchen, auch wenn eine ziemlich große Entfernung zwischen München und Hannover liegt. Zumindest telefonisch will man aber in Kontakt bleiben.

Andreas begleitet sie zum Bahnhof, umarmt seine Schwester und küsst sie rechts und links. Dann nimmt er Rosmarie in die Arme, schaut ihr tief in ihre grünlichen Augen und in diesem Moment war beiden klar, diese Begegnung ist alles andere als oberflächlich. Er drückt sie fest an sich und verabschiedet sich mit einem Kuss, der zunächst nur ganz zart angedeutet ist, doch als Rosmarie ihn erwidert, nimmt er sich allen Mut und küsst sie sehr leidenschaftlich. Beide kämpfen gegen Abschiedstränen an. Wie kann man sich nur so sicher sein, dass nach nur ein paar Tagen der Gemeinsamkeit etwas so Außergewöhnliches passiert? Vroni steht etwas abseits und beobachtet die Situation ohne aufdringlich zu sein. Sie freut sich sehr darüber, denn offensichtlich hat sich ihre Ahnung bewahrheitet und darüber ist sie sehr glücklich. Hoffentlich schaffen es die beiden, denkt sie. Ich würde es mir so sehr für sie wünschen. Ein wirklich schönes Paar. Nur die große Entfernung bekümmert sie etwas. Jedoch, sollte es tatsächlich die große Liebe sein, dann werden sie das bestimmt schaffen.

*

Ein paar Tage später, als sie wieder zuhause sind, hört Rosmarie, die immer begeistert die sportlichen Ereignisse im Fernsehen verfolgt, was sich Schreckliches im Olympiadorf in München ereignet hat. Die Medien berichten ununterbrochen darüber und die ganze Welt starrt entsetzt nach München. Ein Reporter bringt es auf den Punkt mit seinem Kommentar:

„Heitere Spiele sollten es werden, so leicht und leuchtend wie das Acrylglas-Zeltdach über dem neuen Münchner Olympiastadion. Zivil und friedlich wollte sich das Nachkriegsdeutschland der Welt präsentieren, verzichtete auch auf massiven Polizeieinsatz. Doch dann das Grauen: Am frühen Morgen des 5. September dringen acht palästinensische Terroristen in das Quartier der israelischen Olympiamannschaft ein, töten zwei Sportler und

nehmen neun weitere als Geiseln. Vom Balkon der Unterkunft fordern Maskierte die Freilassung von 200 in Israel inhaftierten Arabern. Mit ihren Geiseln wollen sie nach Kairo ausgeflogen werden. Zum Schein lässt sie der deutsche Krisenstab am späten Abend zum Flughafen Fürstenfeldbruck bringen. Dort führt ein stümperhafter Befreiungsversuch zum Desaster. Fünf bayerische Polizeischützen sollen die acht schwerbewaffneten Terroristen „ausschalten". Nach stundenlangem Gefecht sind außer fünf Terroristen und einem Polizisten alle neun Israelis tot, in einem Hubschrauber verbrannt, in den ein Palästinenser eine Granate warf, oder im Kugelhagel umgekommen."

Tagelang scheint das Leben in Deutschland und beinahe der ganzen zivilisierten Welt in Schockstarre zu verweilen, aber dennoch, der Sport wird weitergeführt. Der Chef des olympischen Komitees Avery Brundage bringt es in seiner bewegenden Rede mit seinem Ausruf: „The Games must go on!" zum Ausdruck, man solle sich niemals dem Terror beugen.
Aber von nun an ist auch bei Rosmarie, wie bei fast allen Zuschauern, der Zauber dieses wunderbaren Ereignisses erloschen und man staunt nur noch über die außerordentlichen sportlichen Leistungen, die erbracht werden.

21. Kapitel

Vroni hat recht behalten.

Die zwei Frischverliebten halten Kontakt, telefonieren ständig miteinander und schreiben sich leidenschaftliche Liebesbriefe. So oft es geht besuchen sie sich gegenseitig und bald sind sie sich darin einig, ein Paar zu werden und planen ihre Hochzeit. Als es Andreas dann schließlich auch noch gelingt, innerhalb des Konzerns eine Stelle in einer Niederlassung in der Nähe von Braunschweig zu bekommen, können sie ihr Glück kaum fassen. Nun ist es endlich soweit, sich auf die Suche nach einer gemeinsamen Wohnung zu begeben und dann auch ganz offiziell zur Hochzeit einzuladen.

Rosmarie hatte in den letzten Jahren kaum noch Verbindung mit ihrer Mutter, obwohl sie in derselben Stadt wohnen. Sie gehen sich einfach aus dem Weg und sehen sich höchstens mal bei einer Geburtstagsfeier innerhalb der Familie oder gelegentlich bei einer Beerdigung. Das ist für beide Seiten das Beste und keiner ist darüber sonderlich traurig. Somit halten sich die Streitigkeiten in Grenzen und nach außen hin scheint es, als wäre alles im Reinen. Deshalb weiß ihre Mutter auch nichts von dieser Beziehung, denn Persönliches tauschen sie in der Regel bei ihren wenigen Treffen so gut wie nie miteinander aus. Jeder lebt eben sein eigenes Leben und keiner interessiert sich sonderlich für das des Anderen. Das mag in den Augen von Fremden etwas ungewöhnlich sein, aber diejenigen, die die Hintergründe besser kennen, haben für das abgekühlte Verhalten durchaus Verständnis.

Aber die Höflichkeit gebietet es nun mal, dass man natürlich die Mutter von einer geplanten Hochzeit in Kenntnis setzen muss. Schließlich sollte man den zukünftigen Ehemann zumindest vorher mal vorstellen. Also beschließt Rosmarie, vorsichtshalber zunächst alleine, zu ihr zu gehen und sie zur Hochzeitsfeier einzuladen. Sie kennt sie einfach zu gut, um gleich mit der Tür ins Haus zu fallen und Andreas mitzunehmen, denn ein wenig bang ist es ihr schon, wie extrem peinlich sie werden kann. Und damit will sie ihn nicht gleich zu Anfang konfrontieren.

Nachdem die Einladungskarten gedruckt sind, ruft sie ihre Mutter an und macht mit ihr einen Besuchstermin aus, allerdings ohne ihr zu sagen, warum und weshalb sie mit ihr reden will.

Dementsprechend skeptisch beäugt sie Rosmarie, als diese am anderen Tag in ihrer Wohnung erscheint.

„Was gibt es denn so wichtiges, dass du mir die Ehre eines Besuchs gibst?", fragt sie gleich nach öffnen der Haustür, als Rosmarie noch im Treppenhaus steht.

„Darf ich vielleicht erst mal reinkommen?", entgegnet ihr Rosmarie gereizt und bedauert schon in diesem Moment ihr Kommen.

Sie hat sich wirklich überhaupt nicht geändert, denkt sie. Wie immer schlecht gelaunt und sofort wieder auf Konfrontation aus. Gut, oder auch nicht gut, da muss ich jetzt durch.

Im Wohnzimmer angekommen, setzen sie sich in die Sessel und Rosmarie verliert keine unnötige Zeit und kommt gleich zur Sache.

Hauptsache es geht alles schnell zu Ende und ich kann hier aus dieser Bude, die mit so vielen Negativerinnerungen belastet ist, wieder raus.

„Hier ist eine Einladung für dich", sagt sie und reicht ihr die Karte hin.

„Wie bitte, eine Einladung? Wozu und weshalb denn das?"

„Lies doch einfach", antwortet Rosmarie kurz und bündig.

Als sie fertig ist, schaut sie ihre Tochter erstaunt mit großen Augen an. Aber nicht so, wie man es sich von einer Mutter wünschen würde, die sich auf ein einschneidendes Ereignis wie auf eine Hochzeit freut. Deshalb ahnt Rosmarie schon, dass nun wieder irgendwas Abwertendes von ihr kommen würde, jedoch nicht das, was sie nun zu hören bekommt.

„Was soll das denn heißen, du willst tatsächlich einen Polen heiraten? Das kann doch nicht dein Ernst sein!"

„Ja, eh, das stimmt", sagt Rosmarie verwirrt, „Andreas hat einen polnisch klingenden Namen, aber", fügt sie hinzu und ärgert sich maßlos, dass sie diese Aussage auch noch verteidigen muss, „er ist Deutscher und seine Familie lebt schon in der dritten Generation hier. Kannst du mir vielleicht mal erklären, was das nun soll? Anstatt sich mit uns zu freuen und uns zur Hochzeit zu beglückwünschen, kommst du mit so einem Unsinn. Ich verstehe dich einfach nicht."

Rosmarie steht erbost auf und geht geradewegs zur Ausgangstür.

„Trotzdem lasse ich dir die Einladung hier und glaube mir, es ist mir mittlerweile völlig gleichgültig, ob du zu unserer Hochzeit kommst oder nicht."

Ihre Mutter sitz still mit versteinerter Miene auf ihrem Sessel und reagiert überhaupt nicht darauf. Rosmarie schlägt laut und vernehmlich die Wohnungstür hinter sich zu, eilt hinaus ins Freie und kämpft mit den Tränen.

22. Kapitel

Die Hochzeit findet statt und tatsächlich erscheint auch Rosmaries Mutter, tut so, als wäre nichts geschehen, lässt sich den Bräutigam vorstelllen, unterhält sich sogar mit seinen Eltern, trotz polnischem Migrationshintergrund, und macht einen auf ganz liebe Schwiegermutter.

Wenn andere dabei sind, setzt sie sich wieder mal eine Maske auf, denkt Rosmarie und beschließt für sich, dieses Spiel heute mitzuspielen, schon, weil es so ein wunderbarer Tag ist und sie sich so sehr auf die nun gemeinsame Zukunft mit ihrem Mann freut.

Andreas ist sofort von seiner Schwiegermutter begeistert und macht deshalb ein paar kleine Bemerkungen zu Rosmarie, da er offensichtlich ihre Aussagen bezüglich ihrer Mutter nicht so ganz verstehen kann.

„Ach, meine Lieber, das kannst du auch nicht verstehen. Sie blendet wieder mal alle. Irgendwann wirst auch du erkennen, was ich meine. Aber heute nicht. Heute wird gefeiert und nochmals gefeiert. Komm, wir prosten den Leuten zu und dann bist du dran mit dem Hochzeitstanz", strahlt sie und geht mit ihm zu den Gästen.

Vroni steht etwas abseits, beobachtet das glückliche Paar und vernimmt die letzten Worte ihrer Freundin. Sie kann sehr gut verstehen, was damit gemeint war, denn sie hatte in ihrer gemeinsamen Schulzeit viele dramatische Erinnerungen an die Auseinandersetzungen zwischen ihr und ihrer Mutter miterleben müssen.

Es ist bestimmt besser für sie, denkt sie, wenn sie das alles hinter sich lässt und mit Andreas in eine andere Stadt zieht. So kann sie sich besser von ihrer Mutter distanzieren. Heute ist nun wirklich nicht der Tag, wo man so was zum Thema macht und mein Bruder ist hoffentlich so schlau, nicht auf diese Heuchelei von ihr hereinzufallen. Notfalls werde ich ihn mir mal zur Brust nehmen und ihn darüber aufklären, falls er Rosmarie keinen Glauben schenkt.

Der Hochzeitstanz fängt an und Rosmarie staunt sehr, denn Andreas hatte offensichtlich in München Walzer geübt und macht dabei wirklich eine gute Figur. Es ist eine unvergessliche Feier mit gut gelaunten Freunden und Verwandten und alle wünschen dem Brautpaar eine glückliche Zukunft.

Nur in dem Moment, als normalerweise der Brautvater seine Tochter zum Altar führen sollte, kam bei Rosmarie doch etwas Wehmut auf, da sie nur von einem Onkel begleitet worden war. Was gäbe sie nur darum, wenn nun ihr Vater hier wäre und diese ehrenvolle Aufgabe übernehmen würde und mitfeiern könnte. Das ist schmerzlich für sie, aber daran ändern kann sie nichts. Sie weiß noch nicht einmal, ob dieser Tote aus Polen tatsächlich ihr Vater, oder ob das nur wieder eine weitere Lügengeschichte ihrer Mutter ist. Wenn sie daran glauben könnte, hätte sie wenigstens Gewissheit und würde sich nicht immer wieder die Frage stellen, was wirklich geschehen war.

Die ausgelassene Stimmung reißt sie aus den trüben Gedanken und als Andreas sie in den Arm nimmt und innig küsst, ist es vergessen. Sie genießen noch bis tief in die Nacht die Feier, freuen sich auf die Hochzeitsnacht und auf ihre gemeinsame Zukunft.

23. Kapitel

Die Jahre vergehen wie im Fluge. Der Umzug in ein kleines beschauliches Dorf in der Nähe von Braunschweig wird problemlos bewältigt. Sehr bald lernen sie neue Freunde kennen und beide finden Freude und Befriedigung im Beruf. Rosmarie gründet eine kleine Lichtpausanstalt in der Garage, die zwar anfangs nur sehr langsam anläuft, aber nach eins, zwei Jahren kann sie immer mehr Kunden durch ihren ganz besonderen, individuellen Service gewinnen. Mit der Auftragslage ist sie bald mehr als zufrieden und deshalb erweitert sie ihr Angebot mit neuen, gerade erst auf den Markt gekommenen Farbkopierern. Andreas macht in seiner Firma, wie zu erwarten war, ziemlich schnell Karriere und wird zum Filialleiter befördert. Als dann auch noch ein Junge geboren wird, ist das Glück der beiden perfekt. Ein paar Jahre später kündigt sich erneut Nachwuchs an, sodass sie beschließen, sich ein eigenes Haus zu bauen.

Endlich, nach den wohl nie ganz zu vermeidenden Schwierigkeiten und Problemen bei einem Hausbau, ist es dann soweit. Rosmarie ist hoch schwanger und kann sich naturgemäß nicht oder nur sehr bedingt beim Umzug einbringen. Also ist Andreas gefragt, der alles organisiert.

Nachdem die von ihm beauftragte Spedition die Möbel und die zahllosen Umzugskartons ins neue Heim gebracht hat, sitzen sie im Wohnzimmer auf dem Sofa, umgeben von reichlich Chaos. Rosmarie hat den kleinen Jungen auf dem Schoß und sie genießen den Ausblick auf den etwas verwilderten Garten.

„Kann ich in den Garten?", fragt ihr Sohn Sven erwartungsvoll und läuft zur Terrassentür.

„Nein, alleine gehst du nicht raus", antwortet Rosmarie, „kommt nicht infrage. Du kennst dich hier nicht aus und verläufst dich vielleicht. Außerdem fließt direkt hinter unserem Garten ein Bach. Nicht dass du mir da reinfällst. Das ist mir zu gefährlich."

Enttäuscht blickt Sven unter den langen blonden Locken hervor, bleibt aber an der Tür stehen.

„Aber Schatz", sagt Andreas zu Rosmarie, „sei doch nicht so streng mit dem Kleinen. Ich kann ihn sehr gut verstehen, denn er ist bestimmt neugierig auf sein neues Spielrevier. Ich mache dir einen Vorschlag. Die Ärztin hat uns doch bei ihrem letzten Besuch gesagt, dass du dich nicht übernehmen sollst und nichts Schweres tragen darfst. Du machst jetzt mit ihm einen kleinen Rundgang draußen und zeigst ihm alles. In der Zwischenzeit werde ich hier ein wenig aufräumen und fange mit dem Bücherregal schon mal an. Darauf habe ich mich schon gefreut, denn du weißt ja, wie sehr ich Bücher liebe. So kann ich sie ungestört richtig einordnen, nach Genre, Verlag und nach Schriftsteller. Wenn ihr wieder zurück seid, machen wir es uns schön gemütlich und trinken Kaffee und für Sven Kakao.

„Ja", lächelt Rosmarie ihren Mann an, „das war mir klar, dass du zuallererst an deine geliebten Bücher denkst. Aber du hast ja recht, denn so ist jedem geholfen. Sven kann seine neue Umgebung kennenlernen und ich schone mich ein wenig und genieße draußen die frische Luft. Das tut mir bestimmt ganz gut nach dem Durcheinander der letzten Tage. Sie nimmt den Kleinen an die Hand und er geht mit seiner Mutter freude-strahlend hinaus in den Garten. Andreas steht sofort auf und schaut sich die beschrifteten Kartons an, nimmt sie mit zum Regal und fängt an die Bücher zu sortieren. Ganz langsam gewinnt er einen Überblick und stellt sie dann nach seinem Wunsch entsprechend ins Regal. Als der erste Karton fast ausgeräumt ist, fällt sein Blick auf eine offensichtlich sehr alte Kladde, die ganz unten im Karton liegt.

„He, das ist ja in Sütterlin", staunt er, als er die Beschriftung auf dem Heft sieht, „das muss ja was ganz Altes sein".

Er nimmt das Büchlein heraus und fängt an zu lesen. Dabei fallen die mit Schreibmaschine geschriebenen Seiten heraus.

Wunderbar, denkt er, da ist ja auch eine Übersetzung bei. Muss ich mich nicht mal anstrengen beim Lesen.

Er setzt sich auf einen noch vollen Umzugskarton und liest fasziniert Konstantins „Lebenserinnerungen".

Konstantin? Das war doch Rosmaries Großvater. Na, das ist ja sehr interessant. Weshalb hat Rosi das nie erwähnt? Sie weiß doch, wie sehr ihn sowas interessiert.

Er liest immer noch, als er die Wohnzimmertür aufgehen hört und schreckt kurz zusammen, als Rosmarie und Sven vor ihm stehen.

„Oh", stellt Rosmarie erheitert fest, als sie das fast noch leere Bücherregal sieht, „wie ich sehe, bist du aber schon sehr weit mit dem Einräumen gekommen. Hast du dich wieder von einem Buch fesseln lassen?"

„Nein, schau, hier dieses alte Büchlein deines Großvaters hat mich gefangen. Warum hast du mir das nicht schon viel früher gezeigt? Konstantins Lebensgeschichte ist faszinierend und in der heutigen Zeit eigentlich nicht mehr nachzuvollziehen. Wie und unter welchen Umständen die damals gelebt haben? Einfach unglaublich."

„Ach, ja, mein Schatz, ich muss gestehen, ich habe das tatsächlich in all den Jahren vergessen. Natürlich gebe ich dir recht, denn es ist überaus interessant, wenn man das heute liest. Nur, ich bin halt auch ein wenig enttäuscht darüber, dass mein Großvater viele für mich sehr wichtige Dinge darin nicht erwähnt. Aber, jetzt komm erst mal mit in die Küche und lass uns Kaffee kochen. Du, auch, Sven", der vor Aufregung über den in seinen Augen paradiesischen Garten herum zappelt und darauf drängt, alles seinem Vater zu erzählen.

Sie gehen gemeinsam hinüber in die Küche und Sven berichtet ihm von seinen Erlebnissen im Garten und am Bächlein, wo er sogar ein Reiherpärchen zu Gesicht bekommen hatte. Rosmarie nimmt ein paar Plätzchen aus einer Dose, legt sie auf einen Teller und stellt ihn auf den Küchentisch. Zwischenzeitlich gießt Andreas Kaffee ein und Sven bekommt seinen Becher Kakao.

„Was meintest du denn", setzt Andreas das Gespräch von vorhin fort, „was Konstantin nicht aufgeschrieben hat? Und weshalb ist das für dich so wichtig?"

„Lies in aller Ruhe die ganzen Aufzeichnungen und dann wirst du sehen, dass er sehr genau und detailliert alles Mögliche schildert. Die sehr präzisen Beschreibungen aus seiner Kindheit und über seine für die damalige Zeit außergewöhnlichen Wanderungen. Auch von seiner Militärzeit und über die extremen Bedingungen nach seiner Rückkehr in seinen Heimatort. Seine verschiedenen Ehen und die tragischen Verluste, die er immer wieder verkraften musste. Intrigen, wirtschaftliche Ereignisse, dann auch noch die Vertreibung. Das ließ ihn sehr oft verzweifeln und hat ihn dennoch stark gemacht und das alles ertrug er bis ins hohe Alter, immerhin 99 Jahre lang. Trotz alledem galt er immer als der starke und hoch angesehene Mann."

„Ja, das verstehe ich", unterbricht er sie und schaut sie ein wenig verständnislos an, „nur, was hat das alles mit dir zu tun? Was fehlt dir denn in seinen Aufzeichnungen?"

„Oh, da gibt es sehr viele Dinge, die er mit keiner Silbe erwähnt. Zum Beispiel hätte ich gerne von ihm gewusst, was damals 1946 in Neugersdorf wirklich passiert ist. Und das Wichtigste, wer war mein Vater? Ist meine Mutter und vielleicht auch ihre Schwester vergewaltigt worden? Stimmt es denn, dass meine Tante abgetrieben hat? Und weshalb? Wie sollte das denn überhaupt möglich gewesen sein? Und das in einer streng katholischen Familie? Das ist doch eine Todsünde in den Augen der Gläubigen."

Sie wird immer lauter und erregt sich so sehr, bis ihr plötzlich die Tränen kommen. Andreas sieht sofort, wie ungünstig dieser Moment ist und will dieses Thema beenden, da nun auch noch der kleine Sven völlig verängstigt mit anfängt zu weinen, obwohl er ganz sicher nicht versteht, um was es überhaupt geht.

Beruhigend redet Andreas auf sie ein: „Es ist gut, mein Schatz, wir lassen das jetzt und reden ein andermal darüber. Ich lese die

Aufzeichnungen erst mal ganz durch und dann denke ich, kann ich bestimmt alles besser verstehen. Du legst dich jetzt ein wenig hin und ich mache etwas Ordnung in unserer Bude. Und du, mein Großer, du hilfst mir dabei. Ja?"

Er führt seine Frau ins Wohnzimmer, hilft ihr, sich auf das Sofa zu legen und deckt sie zu. Er streicht ihr übers Haar, gibt ihr einen sanften Kuss und stellt zufrieden fest, dass sie auch gleich die Augen schließt und in einen leichten Dämmerschlaf fällt. Das Ganze ist einfach zu viel für sie. Erst der Umzugsstress, dann die bald bevorstehende Entbindung und dann auch noch die Konfrontation mit der immer noch nicht bewältigten Vergangenheit.

Er nimmt Sven beiseite und sie begeben sich ins Obergeschoss, um gemeinsam das Kinderzimmer einzuräumen.

24. Kapitel

Unbeschreibliche Freude herrscht in der Familie, denn Rosmarie hat das von allen erhoffte Mädchen geboren. Andreas und der nun große Bruder holen die beiden im Krankenhaus ab und bringen sie nach Hause. Das zweite Kinderzimmer ist schon eingerichtet und Rosmarie staunt sehr über die handwerklichen Fähigkeiten ihres Mannes, der eine niedliche Babywiege selbst gebaut hat. Zumindest behauptet er es, aber so ganz entspricht das wohl nicht der Wahrheit, da er oft bei einem Freund, der eine Schreinerwerkstatt hat, zugange war. Vermutlich hat ihm der Fachmann dabei sicherlich mit Rat und Tat zur Seite gestanden. Aber das ist völlig nebensächlich, denn der gute Wille alleine zählt schließlich.

Nun ist das Familienglück endgültig perfekt.

Demnächst steht die Taufe der Neugeborenen an, doch Rosmarie graut es ein wenig davor, wenn ihre Mutter kommt. Bei Sven war es so, dass sie zwar auch dazu eingeladen war, aber nicht kommen wollte oder auch nicht konnte. Je nachdem, wie man es sieht. Sie hatte an diesem Tag eine zweite Einladung, nämlich zu einer goldenen Hochzeit eines mit ihr sehr gut befreundeten Paares. Das hatte sie der Tauffeier ihres ersten Enkelkindes vorgezogen. Rosmarie hatte das nicht gerade bedauert, denn die schon immer vorhandene und auch nicht mehr zu übersehende Missstimmung in ihrer beiderseitigen Beziehung zieht sich durch ihr ganzes Leben und wird wohl auch nicht mehr besser werden. Problematisch für Rosmarie ist, dass das andere nicht merken, ja sogar ihr eigener Ehemann zweifelt manchmal an ihren Wahrnehmungen, denn immer, wenn Fremde zugegen sind, ist ihre Mutter die Freundlichkeit in Person. Es geht immer wieder gegen sie, manchmal nur unterschwellig, aber für sie dennoch deutlich spürbar. Darunter hatte sie ihr ganzes Leben gelitten, denn nur ein einziges Mal hätte sie gerne mal ein gutes Wort oder vielleicht sogar ein Lob von der Mutter gehört.

Aber vergeblich, das ist illusorisch und hoffnungslos.

Davon will sie sich jetzt, wo sie eine eigene so wunderbare Familie hat, lösen und auch nicht mehr darüber nachdenken müssen.

„Was ist los mit dir, mein Liebling", flüstert Andreas ihr leise ins Ohr, um die Kleine nicht aufzuwecken, die, nachdem sie die Brust von Rosmarie bekommen hatte, in ihren Armen sichtlich satt, selig und zufrieden schlummert.

„Nichts von Bedeutung", antwortet Rosmarie, still lächelnd. „Schau, wie friedlich unsere Süße schläft. Ist das nicht wunderschön? Nur das und unsere Familie ist wichtig."

„Ja, das ist richtig und ich genieße es jeden Moment. Und das Beste ist, sie wird dir jeden Tag ähnlicher und ist ebenso schön wie die Mutter."

„Du alter Schmeichler", entgegnet sie ihm verschmitzt.

„Aber danke für das Kompliment. Dafür ist unser Sohn ganz der Vater. Und das meine ich jetzt auch als Kompliment."

„Aber dennoch, es bedrückt dich etwas. Ich kenne dich einfach zu gut. Ich spüre es. Bitte sage mir, was los ist."

„Ach, es ist wegen der Taufe unserer Kleinen."

„Wie bitte, wegen der Taufe? Da ist doch alles geregelt."

„Ja, schon, nur, es geht um meine Mutter."

„Ja, verstehe, wieder mal deine Mutter. Was ist es denn diesmal?"

„Jetzt schau nicht so grimmig. Ich habe doch nur Bedenken, wenn sie vielleicht kommt und alles verdirbt."

„Ja, klar, natürlich wird sie kommen. Wir haben sie schließlich eingeladen. Wo liegt dein Problem?"

„Das wirst du sehen, wenn sie da ist und mitkriegt welchen Namen wir für unsere Kleine ausgewählt haben. Was denkst du wohl, wie sie darauf reagieren wird?"

„Na, das ist ja wohl unsere Sache, wie wir unser Kind nennen, oder?"

„Du verstehst das einfach nicht. Sie wird ganz bestimmt sehr erbost sein, wenn sie erfährt, wie unsere Kleine benannt ist, nämlich Anita, also nach meiner Tante, ihrer Schwester. Zwischen den beiden herrscht schon seit Jahren Krieg. Hast du das noch nicht mitbekommen? Ich verstehe das ebenso wenig wie alle anderen, aber es ist nun mal so. Sie gönnen sich nicht die Butter auf dem Brot. Na ja, zumindest von Seiten meiner Mutter. Tante Anita hält sich da oft zurück und schluckt es einfach. Das ist doch auch nicht normal, die ältere Schwester kuscht vor der Jüngeren. Genau das wollte ich dir damals vor der Geburt sagen, denn diese Dinge hat mein Opa einfach ignoriert und nichts davon erwähnt. Und keiner der beiden sagt heute ein Wort darüber. Ich frage mich immer wieder, warum ist das so und weshalb wird darüber geschwiegen?"

„Ja, ich weiß, was du meinst. Schließlich habe ich seine Aufzeichnungen auch gelesen, sogar mehrmals. Es ist schon, wie du sagst, man kann darüber absolut nichts finden. Wir werden, wenn die zwei, die ja nun mal die einzig übrig gebliebenen Zeitzeugen sind, nichts dazu sagen, wahrscheinlich niemals was erfahren."

„Ganz zu schweigen von meinem geheimnisumwitterten Vater, der ja ebenfalls von Opa nie erwähnt wurde", fügt Rosmarie noch traurig hinzu.

„Also, mir fällt da auch nichts zu ein, wie wir das entschärfen könnten. Lassen wir es einfach auf uns zukommen. Wir beide und unsere Kinder, wir sind eine Familie und uns kann niemand, aber auch wirklich niemand etwas anhaben. Komme was da wolle, wir halten zusammen. Und wenn es deiner Mutter nicht passt, dann soll sie eben wieder fahren. Auf jeden Fall lassen wir uns nicht reinreden, wie unsere Kinder zu heißen haben.

Aber, sag mal, hast du eigentlich was von deiner Tante gehört? Kommt sie denn überhaupt zur Taufe?"

„Ja, ganz sicher wird sie da sein, denn sie war ganz aus dem Häuschen, als ich ihr am Telefon sagte, dass sie „Patentante" werden soll."

„Sehr schön. Da freue ich mich. Weißt du, mein Schatz, ich habe ja eigentlich einen ganz guten Draht zu deiner Mutter, weshalb auch immer. Ich hatte ihr doch versprochen, sie am Bahnhof abzuholen und dann haben wir in der halben Stunde Fahrt genügend Zeit miteinander zu sprechen. Bei dieser Gelegenheit werde ich ihr das mit dem Namen erklären und ich bin davon überzeugt, ich werde es schaffen, zumindest eine Art Burgfrieden für die Dauer der Tauffeier herzustellen. Vertraue mir ganz einfach."

„Ach ja, das wäre wirklich schön, wenn dir das gelingen würde", seufzt Rosmarie, „mit viel Glück könnte es vielleicht sogar klappen. Überzeugend kannst du schon sein. Und meine Mutter hat dir schließlich sogar deinen polnischen Namen verziehen", fügte sie noch lächelnd hinzu.

*

Um es vorwegzunehmen, es wurde eine sehr schöne Feier, denn ein kleines Wunder war geschehen. Andreas gelang es tatsächlich seine Schwiegermutter mit viel Geschick dazu zu bringen, wieder einmal ihre Maske aufzusetzen und sich zumindest äußerlich nichts anmerken zu lassen. Es war schon äußerst schwierig für ihn gewesen, denn gleich anfangs, als er ihr die Namensgebung erklären wollte, fuhr sie ihm sofort völlig erbost ins Wort und verlangte von ihm, dass er schnurstracks wieder zurück zum Bahnhof fahren solle. Und reden wollte sie mit ihm auch nicht mehr. Andreas fuhr trotzdem weiter und besänftigte sie mit Schmeicheleien, die ihm ganz und gar nicht lagen, aber seiner Frau zuliebe brachte er es über sich. Nun, die halbe Stunde hatte gereicht, sie zu überzeugen, ihren Widerstand zumindest für diesen Tag aufzugeben.

Er strahlt, als sie zu Hause ankommen und er die kleine Anita in einem weißen Taufkleid in Rosmaries Armen liegen sieht. Er eilt sofort zu ihnen und drückt sie zärtlich. Es scheint fast so, als ob die Kleine genau weiß, dass sie am heutigen Tag im Mittelpunkt steht, denn sie lächelt, gluckst und sieht aus, als wolle sie jedem sagen, wie sehr sie sich auf das Leben freut. Auch Sven, ihr großer Bruder, sieht niedlich aus, herausgeputzt in einem dunklen Anzug mit Schleife und Lackschuhen. Gemeinsam mit der Familie, Freunden und Nachbarn geht es bei herrlichem Sonnenschein zur Kirche.

Rosmarie schielt hin und wieder zu ihrer Mutter, denn sie weiß ganz genau, wie schwer es ihr fällt, sich unter Kontrolle zu halten und wie gerne sie ausrasten würde.

Gleich nach dem Kaffeetrinken gibt sie Andreas ein Zeichen zum Aufbruch, denn sie müsse unbedingt beizeiten zuhause sein. Sie verabschiedet sich mit einem aufgesetzten Lächeln und geht hinaus zum Auto.

Rosmarie fällt ein riesengroßer Stein vom Herzen, als die Tür hinter ihr zugeht. Zum Glück ist alles glimpflich abgelaufen. Kein Eklat, kein Streit. Wunderbar!

Sie atmet tief durch und um die Stimmung wieder etwas zu beleben, bietet sie den Gästen Sekt und Wein an.

„Das ist heute ein Freudentag und deshalb ein Prost auf unsere neue Erdenbürgerin", ruft sie allen zu.

Und Klein-Anita, die nun im Arm ihrer Patentante liegt, blubbert in ihrer Babysprache lauthals los, als sie das Klirren der Gläser hört und alle stimmen in ein fröhliches Lachen ein.

25. Kapitel

Viele Jahre vergehen. Rosmaries kleine Firma wächst beständig und ist mit viel Ehrgeiz und Einsatz zu einer großen Druckerei mit Werbetechnik ausgebaut worden. Andreas gibt seinen Beruf auf und steigt ebenfalls mit ein, denn alleine kann sie das alles nicht mehr bewältigen. Die Kinder wachsen heran und als Sven das richtige Alter erreicht, macht er eine Druckerlehre und die Eltern sind zuversichtlich, für die Firma später mal einen guten Nachfolger gefunden zu haben.

Politisch gesehen ist in diesen Jahren extrem viel passiert. Womit eigentlich im Ernst niemand gerechnet hat, ist tatsächlich eingetreten, nämlich der Fall der Mauer, ja des gesamten „eisernen Vorhangs", den West und Ost jahrzehntelang so brutal und menschenverachtend getrennt hat. Die Grenzen werden durch den Eintritt der Ostblockstaaten in die europäische Union geöffnet und es gilt nun ein freier und unproblematischer Reiseverkehr zwischen allen Staaten.

„Rosmarie, ich habe eine Idee", sagt Andreas eines Tages beim Abendessen zu seiner Frau, die ihn etwas erstaunt ansieht, während sie die Teller auf den Tisch stellt.

„Wir beide machen eine Reise, jetzt, wo wir ein wenig mehr Zeit für uns haben und nachdem unser Sohn hier im Betrieb mit eingestiegen ist. Seit langem hatte ich das geplant, aber irgendwie kam immer etwas dazwischen."

„So, das hört sich ja gut an", lächelt sie. „Dann schieß mal los, was du dir Schönes ausgedacht hast. Vielleicht eine Kreuzfahrt in die Karibik, oder?"

„Ja, das machen wir bestimmt auch einmal", fährt er fort, „aber leider, noch fehlt uns für so eine lange Reise die Zeit. Das müssen wir wohl noch ein paar Jahre verschieben. Nein, ich meine eine Fahrt, die wir eigentlich schon viel früher hätten machen sollen."

„Jetzt bin ich aber neugierig. Wo soll es denn hingehen?"

„Ich muss ein wenig ausholen. Es ist nämlich so, ich hatte vor kurzem ein längeres Gespräch mit deiner Mutter. Dabei hat sie mir ein paar sehr interessante Dinge über die Zeit ihrer Vertreibung aus Schlesien erzählt."

„Wie bitte?", unterbricht sie ihn, doch etwas irritiert, „du hast mit meiner Mutter gesprochen? Wie kommt das denn?"

„Ich hatte, du wirst dich sicher erinnern, kürzlich einen Kundenbesuch in Hannover bei der Firma Koppler GmbH."

Rosmarie nickt bejahend.

„Und bei dieser Gelegenheit dachte ich, ich schau mal bei ihr rein, wenn man schon in der Nähe ist. Da sie ja nun nicht mehr arbeitet, war sie wie erwartet zuhause. Und, was soll ich sagen, sie hat sich auch richtig über den Besuch gefreut. Natürlich war sie sehr überrascht mich zu sehen, aber nach kurzer Zeit bei einem Tässchen Kaffee merkte ich, dass ich einen günstigen Moment erwischt hatte. Ich erzählte ihr, ich hätte Konstantins Aufzeichnungen gelesen und ich davon richtig begeistert bin. Gerne hätte ich von ihr als eine der letzten Augenzeugen mehr darüber gehört. Zunächst war sie etwas skeptisch, was ich denn eigentlich genau von ihr wollte, aber, du wirst es nicht glauben, sie geriet nach kurzer Zeit in einen wahren Erzählrausch. Ich gab ihr lediglich ein paar Stichworte und sie erzählte von ihrer Kindheit, von dem kleinen Dorf in Schlesien, von Freundinnen, von der Familie und sogar von der Vertreibung."

„Oh, das ist aber spannend", fällt sie ihm ins Wort und setzt sich mit an den Tisch, „ich finde es sehr erstaunlich, dass sie darüber mit dir gesprochen hat, denn diese Themen waren bei uns immer tabu und wenn ich mal Fragen stellte, wurde ich meist mit Floskeln abgespeist. Hat sie denn auch was von meinem Vater erzählt?"

„Nicht so direkt, denn ich wollte auf keinen Fall Misstrauen erregen, denn ich weiß ja, wie heikel das bei euch seit vielen Jahren ist. Ich glaube, meine Vorgehensweise war ziemlich geschickt, denn ich habe sie einfach erzählen lassen und nur gut zugehört. Ganz von selbst kam sie plötzlich auf die Schmiede zu sprechen und dabei erzählte sie mir was von einem Ludwig. Da war aber sofort meine Neugier geweckt, denn von diesem Namen hatte ich noch nie etwas gehört. Auf meine Nachfrage hin erklärte sie, dieser Ludwig wäre ein Bruder ihres Schwagers Heinz, der damals mit ihrer Schwester Anita verheiratet war."

„Wie bitte? Heinz hatte einen Bruder? Na, das ist aber wirklich ganz was Neues, denn der wurde bisher noch nie erwähnt, und zwar von niemandem. Und was sagte sie über diesen Bruder?"

„Das ist ja gerade das Interessante. Also, dieser wohl etwas jüngere Bruder von Heinz, nämlich Ludwig, arbeitete in Großvaters Schmiede und wie ich sie recht verstanden habe, sollte er wahrscheinlich zu seinem Nachfolger aufgebaut werden. Sie behauptete, ihr Schwager Heinz habe darauf bestanden, sein Bruder solle in die Familie aufgenommen werden. Ihrer Meinung nach sind sie darauf aus gewesen, die Schmiede so an sich zu reißen. Sie ließ an Heinz absolut kein gutes Haar und beschuldigte ihn als Erbschleicher, Gauner und sogar als Messerstecher. Eine Erklärung zu dem Ausdruck Messerstecher gab sie mir leider nicht. Außerdem wollte er unbedingt, dass sein Bruder Ludwig nicht nur die Schmiede bekommen sollte, sondern, und jetzt pass auf, er deine Mutter ehelichen sollte. Angeblich hätte er das alles mit dem Vater so besprochen und sie wären handelseinig geworden. Empört hätte sie dies jedoch abgelehnt, da sie ihn nicht haben wollte. Er wäre jedoch sehr aufdringlich gewesen und hätte ihr nachgestellt und sie belästigt. Heinz ermunterte ihn immer wieder, redete auf Konstantin ein und bestand darauf, sein Bruder sollte ebenfalls in die Familie einheiraten. Dann brach der Krieg aus und Heinz musste an die Front. Wie sie mir erzählte, war er bei der Waffen SS. Was, wie sie bissig bemerkte, richtig typisch für diesen schrecklichen Menschen war. Von nun an hatte sie etwas mehr Ruhe und auch die Nachstellungen von Ludwig ließen nach. Leider konnte ich von ihr nicht mehr über Ludwig erfahren, da sie ständig auf Heinz zu sprechen kam, sehr gehässig und gemein. Sie sagte mehrmals, er hätte immer nur Unfrieden in die Familie gebracht. Nebenbei erwähnte sie, selbst heute noch beleidigt und sauer, man habe sie damals nicht einmal zur Hochzeit ihrer Schwester mit ihm eingeladen.

Meine Frage an sie, was denn eigentlich ihre Eltern dazu gesagt haben, blieb leider unbeantwortet. Sie erwähnte lediglich, selbst ihr Vater Konstantin wäre dem Schwiegersohn irgendwie hörig gewesen. Ich dachte bei mir, wie bitte, Konstantin?

Dieser gestandene Mann, der nach seinen Aufzeichnungen sich gar gegen Vorgesetzte beim Kaiserlichen Militär aufgelehnt hatte, der eine absolute Respektsperson in der Familie, im Dorf und im Geschäftsleben war, sollte diesem ungehörigen Typen hörig gewesen sein? Das scheint mir aber sehr unglaubwürdig zu sein, findest du nicht auch? Aber sie behauptete es, sogar mehrmals. Was soll man nur darüber denken?"

„Da muss ich dir absolut recht geben, denn ich kannte meinen Großvater ja sehr gut und deshalb kann ich diese Aussage wirklich nicht nachvollziehen. Dieser gradlinige Mann war ganz bestimmt niemandem hörig. Schon wieder so ein Familiengeheimnis, was uns beschäftigt und worüber wir nichts erfahren. Wir kommen einfach nicht voran. Im Gegenteil, es wird immer verworrener."

„Und genau deshalb schlage ich dir diese Reise nach Polen vor, in die Heimat deiner Familie, nach Neugersdorf. Ich bin der Meinung, nur dort haben wir eine zwar kleine, aber immerhin eine Möglichkeit, noch ein paar Informationen zu erhalten, selbst nach so einer langen Zeit. Von deiner Mutter werden wir aller Wahrscheinlichkeit nach nichts Näheres mehr erfahren, denn als ich ein wenig gebohrt habe und auf deinen Vater zu sprechen kam, hat sie wieder total zugemacht und nichts mehr gesagt. Ich glaube auch nicht, dass mir das ein zweites Mal gelingen wird, denn die Stimmung kippte merklich und ich spürte, es war an der Zeit, sich zu verabschieden."

Er umarmt Rosmarie und fährt fort: „Wir werden dort zunächst anhand der Sterbeurkunde deines vermeintlichen Vaters recherchieren und vielleicht gelingt es uns gar, die Todesursache festzustellen. Und dann gibt es ja nun eine ganz neue Spur, nämlich die Suche nach dem wie vom Erdboden verschwundenen Ludwig, an den sich merkwürdigerweise niemand mehr erinnern kann oder will. Mein polnisch ist zum Glück noch ganz gut, da ich es nie ganz vernachlässigt habe, um mich mit meinen Großeltern unterhalten zu können. Das wird uns bestimmt sehr helfen."

Rosmarie strahlt, kommt näher und küsst ihn zärtlich.

„Ich freue mich sehr darauf und danke dir. Ich glaube fest daran, dass wir irgendwas finden werden, aber selbst wenn nicht, ist es schon alleine deshalb schön, Opa Konstantins Heimat zu sehen und nachzuempfinden, wo und wie er mit seiner Familie damals gelebt hat. Das alleine ist die Reise wert."

Andreas nickt bejahend und freut sich sehr, seiner Frau einen lang gehegten Wunsch erfüllen zu können.

26. Kapitel

Die Reise führt bei strahlendem Sonnenschein über Helmstedt-Magdeburg in Richtung Leipzig. Andreas lächelt still vor sich hin und genießt die Fahrt auf der Autobahn. Rosmarie bemerkt es und spricht ihn an.

„Du bist so gut gelaunt. Freust du dich auch so auf die Reise wie ich?"

„Ja, natürlich, auch, nur, im Moment muss ich gerade an was ganz Anderes denken".

„So, na, dann verrate es mir. Es scheint dich ja sehr zu belustigen."

Andreas blickt zu ihr rüber und fängt an zu lachen.

„Weißt du", unterbricht er sein Gelächter, „mir kam plötzlich ein Plakat in den Sinn."

„Wie bitte, ein Plakat? Und das erheitert dich so sehr?"

„Ich hatte es vor vielen Jahren bei einer Wahlkampfveranstaltung gesehen, in der Zeit als die Einheit Deutschlands gerade bekannt gemacht wurde. Du weißt doch noch, ich war damals in der Kommunalpolitik ziemlich rege."

„Und was war da so Lustiges drauf?", fragt sie ihn und muss unwillkürlich auch mit lachen.

„Es war ein Plakat von Klaus Staeck, ein sehr bekannter Grafiker und Künstler. Ich nehme an, der Name sagt dir was."

„Ja, ich habe schon mal was von ihm gehört.", bestätigt sie ihm.

„Darauf war ein Bild des Barons von Münchhausen, wie er auf einer Kanonenkugel durch die Luft fliegt. Ich glaube das Original war ein Filmplakat mit Hans Albers. Aber Staeck hatte da seine ganz persönliche Meinung, denn er bildete nicht Hans Albers ab, sondern das Konterfei von Helmut Kohl. Und darunter schrieb er in Anspielung auf die Aussage von diesem, dass die doch so finanzstarke Bundesrepublik ganz locker mit den Kosten der deutschen Einheit fertig werden würde.

„Helmut Kohl fliegt über die blühenden Landschaften des Ostens".

Wir haben uns köstlich darüber amüsiert und man fühlt sich heute ja auch bestätigt, denn heute, fast dreißig Jahre nach der Einheit, zahlen wir immer noch den Solidaritätszuschlag und es ist nicht abzusehen, ob der jemals wieder aufgehoben wird. Allerdings muss ich gestehen, die Fahrt hier auf der neuen Autobahn nach Leipzig mit „Flüsterasphalt" und wenig Verkehr ist tatsächlich ein reines, aber halt auch sehr teures Vergnügen. Na, wenigstens kommen wir nun auch mal in diesen Genuss und sehen, was aus dem vielen Geld geworden ist. Wenn ich da an unsere Straßen denke mit den unendlich vielen Baustellen und den ganzen Staus. Hier macht das Fahren noch richtig Spaß."

Gut gelaunt geht die Reise weiter bis Dresden und kurz nach Görlitz können sie ohne jegliche Grenzkontrollen nach Polen einreisen. Doch bald ist das Fahrvergnügen zu Ende, denn auf den Landstraßen kommen sie sehr viel langsamer voran. Dann erreichen sie endlich Glatz/Bad Landeck und die Fahrt führt sie ins frühere Südschlesien im Dreiländereck Polen /Deutschland/ Tschechien.

Am späten Nachmittag erreichen sie müde und erschöpft ihren Zielort Wilhelmsthal. Hier hatte Andreas übers Internet in der Pension „Evelyn" ein Zimmer reserviert. Die Hausherrin persönlich begrüßt sie herzlich am Empfang und begleitet sie in ihr Zimmer. Es ist eine kleine gepflegte Familienpension und sie fühlen sich auf Anhieb hier wohl. Andreas wundert sich, als er versucht sich auf Polnisch verständlich zu machen, denn überraschender Weise antwortet die Besitzerin Evelyn in einem perfekten Deutsch. Als sie sein verdutztes Gesicht sieht, klärt sie rasch auf, dass ihr Vater Pole war und ihre Mutter Deutsche. Nach dem Abendessen gehen sie in den gepflegten Garten, nehmen Platz auf der Terrasse, genießen die Abendsonne, die Ruhe und Abgeschiedenheit und gönnen sich nach der langen

Reise ein Glas Wein. Auch andere Gäste gesellen sich dazu und bald kommt man ins Gespräch. Verwundert stellen sie fest, dass es fast ausschließlich deutsche Gäste sind und deshalb fragen sie nach deren Beweggründen für dieses Reiseziel. Es sind überwiegend Menschen, die entweder die alte Heimat mal wiedersehen wollen oder, bei Jüngeren, die Nachforschungen über ihre damals vertriebenen Eltern oder Großeltern betreiben, ähnlich wie sie es auch vorhaben. Einige kommen fast regelmäßig her, denn die Gegend hat durchaus auch touristisch einiges zu bieten, was man an den vielen Sesselliften und den Werbeplakaten sehen kann. Ganz in der Nähe befindet sich der Schneeberg, wo man zum Wandern oder im Winter zum Skilaufen animiert wird. Bad Landeck, die nächst größere Stadt, ist schon seit vielen Jahrzehnten über die Grenzen hinaus bekannt und ist bei in- und ausländischen Kurgästen sehr beliebt.

Ein schöner Abend geht zu Ende und todmüde fallen beide bald in ihr Bett und freuen sich auf die folgenden Tage.

*

Nach einem reichhaltigen Frühstück gesellt sich Evelyn zu ihnen an den Tisch und trinkt mit ihnen noch eine Tasse Kaffee. Sie kommen ins Gespräch, plaudern über dieses und jenes und über den Grund ihrer Reise. Sie erwähnen auch Rosmaries Mutter, die ebenfalls damals in dieser Pension abgestiegen war. Evelyn kann sich noch ganz gut an sie erinnern, erzählt ihnen, wie ihre damals noch lebende Mutter ihr bei der Suche nach Rosmaries polnischem Vater geholfen und ihr die Sterbeurkunde besorgt hatte.

„Ja", sagt Rosmarie zu ihr, „das ist eigentlich der Hauptgrund unserer Reise. Wir würden sehr gerne mehr darüber wissen. Wer könnte uns helfen, darüber etwas zu erfahren? Gibt es denn noch Menschen hier im Ort, die ihn kannten und uns etwas über seinen Tod sagen könnte? Liegt er vielleicht hier oder in einem

Nachbardorf auf dem Friedhof?"

„Ach", antwortet ihr Evelyn mit ernster Miene, „nach so einer langen Zeit kann ich mir nicht vorstellen noch jemanden zu finden, der darüber etwas wissen könnte. Meine Mutter ist vor ein paar Jahren gestorben und mein Vater leider schon vor langer Zeit in jungen Jahren. Ja, mein Vater, der hatte ihn ganz bestimmt gekannt, denn sie sind damals nach dem Krieg gemeinsam aus Wilna hierhergekommen und beide dienten zunächst als Wachsoldaten im benachbarten Neugersdorf. Aber erzählt hat er davon nie etwas, so wie fast alle Menschen diese Zeit meist totgeschwiegen haben. Und auf den Friedhöfen, nun, ich denke, diese alten Gräber sind schon lange entfernt worden. Da werdet ihr bestimmt kein Glück haben. Ich würde euch ja sehr gerne helfen, aber leider weiß ich nicht wie."

Andreas schaltet sich in das Gespräch ein und sagt: „Sehr schade, aber das haben wir auch vermutet. Wir werden jetzt erst einmal nach Neugersdorf fahren und uns den Heimatort der Großeltern anschauen. Mal sehen, was von den Beschreibungen, die Großvater Konstantin uns hinterlassen hat, noch zu sehen ist. Aber ich hätte doch noch eine Frage an dich, Evelyn. Ich hoffe, du verzeihst mir das vertrauliche Du?"

„Aber sicher doch, Andreas. Was möchtest du denn gerne wissen?"

„Du hast uns erzählt, deine Mutter war Deutsche und sie hat einen Polen geheiratet. Wann war das denn eigentlich, denn ich schätze mal und hoffe sehr, ich liege nicht ganz daneben, wenn ich annehme, dass wir so ziemlich ein Alter haben, oder?"

„Ja", lacht sie, „das stimmt genau, denn ich kenne schließlich euer Alter von der Anmeldung her. Es war während der Zeit der Flucht oder wie ihr meist sagt, der Vertreibungen, also im Jahr 1946. Meine Eltern hatten sich ineinander verliebt und dann kam das Schreckliche, auch meine Mutter wurde gezwungen, den Ort zu verlassen. Es gab nur die einzige Möglichkeit, wenn sie nicht getrennt werden wollten, zu heiraten. Ihr könnt euch bestimmt vorstellen, was es hieß in dieser Zeit, dass sich eine Deutsche mit einem Polen verbinden will. Aber die Liebe siegt manchmal über alle Hindernisse. Also setzten sie sich kurzerhand auf ein Fahrrad und fuhren nach Bad Landeck. Dort fanden sie glücklicherweise einen Standesbeamten, der sie spontan und unbürokratisch traute, denn schon für den nächsten Tag war der Befehl des Ausreisens erlassen worden. Nun, mit der Heiratsurkunde versehen, durfte meine Mutter hierbleiben. Sie musste ihre ganze Familie ins Unbekannte ziehen lassen und sie war weit und breit in dieser Gegend die einzige Deutsche. Die Liebe ist schon was Außergewöhnliches und auch deshalb so wertvoll. Sie führten eine wunderbare Ehe und ich hatte trotz aller Schwierigkeiten eine sehr glückliche Kindheit. Leider kamen keine Geschwister mehr, da mein Vater schon so früh verstarb. Gemeinsam mit meiner Mutter bauten wir uns dann eine Zukunft in Form dieser Pension auf und wie ihr seht, sie existiert heute noch. Doch bald werde auch ich mich zurückziehen, denn meine Tochter und ihr Mann, die ihr heute Abend kennenlernen werdet, werden sie in naher Zukunft weiterführen."

„Was für eine schöne Geschichte", strahlt Rosmarie, „endlich mal was Positives aus dieser Zeit. Du ahnst nicht, wie sehr mich das berührt, denn man hört und liest immer nur traurige Geschichten von Mord, Totschlag und Vergewaltigungen. Da kann man schon den Glauben an die Menschlichkeit verlieren."

„Ja, du hast recht. Doch es gibt auf der Welt eben nicht nur schwarz und weiß, sondern auch immer und überall Zwischentöne. Ich muss jetzt leider in mein Büro und noch ein paar Anrufe tätigen. Aber ich verspreche euch, ich werde mir Gedanken machen, ob und wie ich irgendwie behilflich sein kann.

Sie verabschieden sich voneinander und Rosmarie und Andreas gehen zum Parkplatz.

*

Die Fahrt von Wilhelmsthal nach Neugersdorf dauert mit dem Auto nur wenige Minuten. Wenn man bedenkt wie mühselig das früher war, was Konstantin in seinen Aufzeichnungen über seine vielen Reisen, meist zu Fuß oder mit dem Pferd schilderte, dann kann man diese Leistung nur bewundern.

Der Ortsmittelpunkt mit der kleinen Kirche und dem Friedhof ist leicht zu finden, doch sie suchen zunächst die Straße davor auf, direkt dem Flüsschen Biele entlang, denn dort soll die Schmiede und Stellmacherei zu finden sein. Sie fahren hin und her, aber eine Schmiede, die sie ja von den Bildern her kennen, können sie nicht entdecken.

„Was ist hier nur geschehen?", klagt Rosmarie, „die Schmiede ist weg, einfach weg."

„Das verstehe ich auch nicht", sagt Andreas, „noch nicht einmal mehr das Haus ist da. Nur eine Wiese, mit einem alten Apfelbaum. Nur hier, schau, da ist noch die Treppe zur Biele, wo sie früher die Wäsche gewaschen haben, wie deine Mutter uns erzählt hat."

„Ach, ja, meine Mutter", erinnert sich Rosmarie, „die hat doch damals, als sie wieder von ihrer Reise zurückkam, völlig aufgewühlt erzählt, diese abscheulichen Polen hätten einfach alles abgerissen und weggeräumt. Ich habe das völlig vergessen und glaubte ihr auch nicht, da sie immer alles übertreibt. Aber diesmal hatte sie wohl recht."

„Dennoch, warum sollten sie das getan haben? Eine Schmiede und ein großes Haus einfach abzureißen? Das hatte und hat schließlich einen großen Wert. So etwas zu machen ist wirklich sehr verwunderlich. Meiner Meinung nach muss das einen Grund gehabt haben. Weißt du, ich klingele mal bei den Nachbarn, ob ich vielleicht doch was darüber erfahren kann. Mal sehen, ob mein polnisch verstanden wird."

Viele Nachbarn gibt es nicht, denn die Straße ist nur mit sehr wenigen Häusern bebaut. Andreas nimmt sich gleich das Älteste vor, und wer sagt's denn, er hat nach ein paar Minuten tatsächlich Glück und es schaut eine alte Frau völlig überrascht aus dem Fenster heraus.

Sie ist anscheinend ein wenig schwerhörig und er muss seine Frage nach der Schmiede ein paarmal wiederholen, bis sie ihm dann doch endlich eine Antwort gibt. Seine Frage auf Polnisch fällt ihm relativ leicht, aber die Antwort zu verstehen, gibt ihm einige Rätsel auf. Sie spricht einen fürchterlichen Dialekt, aber nach mehreren Nachfragen ahnt er ungefähr, was sie ihm mitteilen will.

Rosmarie schaut ihn fragend an und er wendet sich ihr zu.

„Sie sagt, die Schmiede wäre abgebrannt."

„Hat sie auch gesagt, wann das war und weshalb?"

„Mehr habe ich nicht verstanden, aber ich versuche es nochmal."

Nach einem Kauderwelsch hin und her und zwischendurch mit Zeichensprache erklärt er Rosmarie den Sachverhalt, so gut es ihm möglich ist.

„Es muss so ungefähr Anfang der 1950er Jahre gewesen sein. So genau kann sie sich nicht mehr erinnern. Plötzlich hätte es mitten in der Nacht in der Schmiede gebrannt und in Windeseile hätte das Feuer auch auf das Haupthaus übergegriffen. Als endlich die Feuerwehr kam, lag schon alles in Schutt und Asche. Zu dieser Zeit hatte ein Pole mit seiner Familie da gewohnt. Und jetzt, halt dich fest, sie erinnert sich doch tatsächlich noch an seinen Namen. Er hieß Franzinek. An den Nachnamen kann sie sich allerdings nicht mehr erinnern. "

„Oh", stöhnt Rosmarie, „meinst du damit etwa, mein mutmaßlicher Vater ist gemeint?"

„Ich denke schon, alleine die Namensgleichheit und dann ist es ziemlich wahrscheinlich, dass er nach dem Weggang der Großeltern die Schmiede übernommen hat und dort mit seiner Familie wohnte."

„Hast du denn auch was von ihr über seinen Tod erfahren können?"

„Nein, davon hat sie nichts erwähnt. Aber klar, du hast recht. Ich frage sie danach. Es wird bestimmt damals ein großes Thema hier in diesem kleinen Ort gewesen sein."

Andreas versucht ein weiteres Mal etwas von der alten Dame zu erfahren und Rosmarie lauscht atemlos dem Gespräch, obwohl sie kein Wort verstehen kann.

Als endlich eine kleine Gesprächspause eintritt, hält sie es nicht länger aus und fragt ihn.

„Ja, sie konnte sich noch recht gut erinnern, was damals hier passierte. Ihr Langzeitgedächtnis funktioniert anscheinend noch ziemlich gut. Wie ich vermutet habe, war das eine ganze Weile Gesprächsthema Nummer Eins im Dorf.

Am nächsten Tag fand die Feuerwehr Franzinek im Straßengraben liegend, tot.

Zunächst glaubte natürlich jeder, er wäre durch die vielen Brandwunden umgekommen, bei dem Versuch, sich in letzter Minute vor dem Feuer zu retten. Und deshalb wurde vor Ort auch keine genaue Todesursache festgestellt. Die Feuerwehr notierte lediglich, er sei „keines natürlichen Todes" gestorben. Man brachte ihn dann nach Bad Landeck zu einer gerichtlich angeordneten Obduktion. Dort wurde festgestellt, dass er zwar jede Menge Brandwunden hatte, aber diese waren nicht die Todesursache. Man fand nämlich eine Einschussstelle im Kopf und darin sogar die Pistolenkugel. Er wurde also eindeutig erschossen. Natürlich gab es viele Spekulationen über den oder die Täter, aber gefunden wurde niemand. Es machte allerdings bald die Runde, der oder die Mörder sollten wohl deutsche Partisanen gewesen sein, wahrscheinlich Soldaten, die sich in den Wäldern versteckt hielten und immer wieder Anschläge auf polnische Einrichtungen verübten."

„Aber, Andreas", unterbricht sie ihn, „doch nicht mehr 1950. Da war schließlich der Krieg schon fünf Jahre vorbei."

„Das stimmt schon, aber dennoch bestehen sie darauf, dass es sich hierbei um einen Racheakt von einem oder mehreren Deutschen handelte, denn die im Schädel gefundene Kugel stammte eindeutig von einer deutschen Wehrmachtspistole. Also, ich denke, da könnte schon was dran sein."

„Na ja, etwas weit hergeholt ist das schon, finde ich. Aber, sicher, denkbar wäre es. Er war, soweit ich mich erinnere, verheiratet. Hat sie denn auch was über seine Familie gesagt?", will Rosmarie wissen.

„Ja, tragischerweise fand man später in den Trümmern des Hauses eine verkohlte Frauenleiche und natürlich vermutete man, es wäre seine Frau gewesen."

Mitgenommen von der traurigen Geschichte bedankt sich Andreas mit brüchiger Stimme bei der Alten und verabschiedet sich.

Sie gehen eine Weile schweigend die Straße entlang. Dabei wirft Rosmarie noch einen Blick auf die Wiese und stellt sich vor, wie es hier wohl damals ausgesehen haben mag. Nun kann sie die Verbitterung ihrer Mutter ein wenig nachempfinden.

Sie hakt sich bei Andreas ein und sie gehen über die kleine, sehr alte Brücke dem Hang hinauf zur nahe gelegenen Dorfkirche. Diese ist, wie man das fast in allen Dörfern in der Umgebung sehen kann, neu renoviert und auch die Außenanlagen machen einen gepflegten Eindruck. Blumenanlagen am Wegesrand und weißer Kieselbelag. Auf ihrem Rundgang sehen sie erstaunt an der frisch gestrichenen Mauer, die die Kirche umgibt, sehr alte Grabsteine und Kreuze stehen. Darauf sind, zwar meist ziemlich verblasst, aber immer noch lesbar, fast ausschließlich deutsche Namen zu erkennen. Eine sehr schöne Geste, findet Rosmarie, denn die polnische Bevölkerung bewahrt somit für die Besucher aus Deutschland diese Erinnerungen.

„Das ist ja interessant", sagt Andreas, „vielleicht finden wir hier gar einen Namen aus deiner Familie. Lass uns mal genauer nachsehen."

Sie gehen von Grabstein zu Grabstein und versuchen die verwitterten Buchstaben zu enträtseln. Und tatsächlich, sie werden belohnt, denn Rosmarie kann den Namen von Großvater

Konstantins erster Frau, die sinnigerweise darauf als Frau Schmiedemeisterin betitelt wurde, entziffern.

Erfreut fotografieren sie die Grabplatte als Erinnerung und auch als eine Art Bestätigung für die Richtigkeit seiner Lebenserinnerungen, da hierauf die Jahreszahlen exakt mit seinen Angaben übereinstimmen.

Daraufhin schlendern sie zum kleinen Friedhof und wie erwartet, sind hier nur polnische Namen zu finden und keine Jahreszahl, die länger als dreißig Jahre zurückliegt. Die alten Gräber sind alle abgebaut, um Platz für neuere zu schaffen.

Weiter gibt es nicht viel zu sehen in dem kleinen Dörfchen. Als Rosmarie den steilen Hang hinter der Kirche mit einer bunten Blumenwiese sieht, bleibt sie unvermittelt stehen, deutet darauf und sagt zu Andreas: „Weißt du, ich kann mir gut vorstellen, wie Opa hier auf dieser Wiese als Junge die Kühe gehütet hat. Später hat er sie mit einer Sense gemäht, um Heu für den Winter einzufahren. Das muss richtige Knochenarbeit gewesen sein. Ach, ich bin sehr froh, dass wir hergekommen sind, auch wenn alles nicht gerade sehr erbaulich ist, aber die Erinnerung an ihn ist hier so lebendig, als würde er jeden Moment mit einem Gespann um die Ecke kommen."

„Ja, mir geht es ebenso. Es ist halt doch was ganz Anderes, was zu sehen, als nur darüber zu lesen. Ich glaube, hier hat sich zu damals fast kaum etwas verändert. Man könnte meinen, die Zeit ist einfach stehen geblieben."

Sie gehen noch eine Weile spazieren und fahren dann mit dem Auto in ein Nachbardorf, wo es nach Schilderung von Evelyn ein sehr schönes Ausflugslokal geben soll. Hier genießen sie bei Kaffee und Kuchen den Sonnenschein und die schöne Aussicht auf die umliegenden Berge.

*

Nach dem Abendessen in der Pension begeben sie sich wieder in den Garten und setzen sich zu den anderen Gästen. Sie kommen sehr schnell ins Gespräch und erzählen von ihren Erlebnissen in Großvaters Heimatdorf. Allerdings verschweigen sie die traurige Geschichte über den Brand und den Mord, denn das ist ihnen zu intim und schließlich muss das ja auch nicht jeder wissen.

Etwas später kommt auch noch Evelyn hinzu und in gemütlicher Runde bei ein paar Gläsern Wein wird auch dieser Abend wieder ein schöner Tagesabschluss. Da die anderen Gäste tagsüber ein strammes Besuchsprogramm absolviert hatten, sind sie dementsprechend müde und verabschieden sich alsbald zum Zubettgehen. Auf diese Gelegenheit haben beide schon gewartet, denn sie wollen sehr gerne noch mit Evelyn alleine ein Gespräch führen. Ihr schildern sie dann auch die Begegnung mit der alten Frau in Neugersdorf und was sie von ihr über den Brand der Schmiede und über den Mord erfahren haben.

„Ja, das stimmt", sagt sie nachdenklich, „ich kann mich noch ganz vage daran erinnern, allerdings nur an einen großen Brand, dem sogar mehrere Häuser im Nachbardorf zum Opfer fielen. Aber von einem Mord weiß ich absolut nichts, denn zu der Zeit war ich ja noch ein kleines Kind und zu Hause bei meinen Eltern war das in meinem Beisein bestimmt kein Thema gewesen. Ich kann sehr gut nachvollziehen, wie schlimm das nun für dich ist, Rosmarie, das alles heute zu erfahren und nun auch noch zu wissen, wie und unter welchen Umständen dein Vater ums Leben gekommen ist. Es ist so traurig."

„Ja", sagt Rosmarie betrübt, „aber dennoch ist es besser, wenn man etwas mehr darüber weiß. Die Ungewissheit ist oft sehr viel schwerer zu ertragen."

Nach einem Moment der Stille wendet sich Andreas an Evelyn und fragt sie: „Wir haben jetzt ein paar Dinge über den Tod von Rosmaries Vater erfahren. Aber es bleibt doch rätselhaft, wer ihn denn eigentlich erschossen hat. Meinst du, du könntest darüber noch was in Erfahrung bringen? Vielleicht bei der Polizei oder beim Gericht? Es müssten doch damals bestimmt Ermittlungen geführt worden sein, selbst in dieser unruhigen Zeit und der angespannten politischen Lage."

Sie überlegt eine kleine Weile und antwortet ihm: „Hhm, nach so einer langen Zeit? Ich weiß nicht, ob das was bringt. Aber gut, einen Versuch ist es allemal wert und da ihr jetzt schon mal hier seid, würde ich es euch gönnen, wenn ihr darüber mehr erfahrt. Ich werde morgen mal meine guten Beziehungen ausnutzen und eine meiner besten Freundinnen anrufen. Sie ist im Landratsamt in Glatz beschäftigt und hat ausgezeichnete Kontakte zu allen möglichen Behörden. Vielleicht kann sie was in Erfahrung bringen."

Sie leeren ihre Gläser, verabschieden sich von Evelyn, die im Nachbarhaus wohnt und begeben sich nach diesem ziemlich aufregenden Tag zu Bett.

*

Nach dem Frühstück kommen sie an der Rezeption vorbei und sehen Evelyn in ihrem Büro sitzen beim Telefonieren. Sie macht ihnen Zeichen, sie mögen einen Moment auf sie warten. Kurze Zeit später kommt sie heraus und bittet sie mit auf die Terrasse zu gehen, da sie offensichtlich Neuigkeiten für sie hat.

Aufgeregt berichtet Evelyn: „Ich hatte Glück, denn gleich in der Früh habe ich meine Freundin telefonisch im Landratsamt erreicht und habe ihr nach ein paar belanglosen Begrüßungsworten euer Problem geschildert. Freundlich wie sie nun mal ist, versprach sie mir, mich anzurufen, falls sie was erreichen würde. Und, ich kann es selbst kaum glauben, gerade eben rief sie mich zurück, um mir mitzuteilen, was sie erfahren hatte."

Atemlos und gespannt lauschen sie den Ausführungen.

„Sie hat mit der Polizei in Bad Landeck gesprochen und die haben tatsächlich bei den ungeklärten Mordfällen, trotz der langen Zeit, über diesen Fall eine Akte gefunden."

„Und haben sie den oder die Täter ermittelt?", fällt Andreas ihr aufgeregt ins Wort.

„Ja und nein, denn, wie der Name schon aussagt, die Akte befindet sich bei den ungeklärten Fällen. Und deshalb weiß man nicht genau, wer es war. Nur so viel hat man herausgefunden, es war sehr wahrscheinlich tatsächlich ein Deutscher, der den Brand gelegt und Franzinek erschossen hat. Denn er wurde ein paar Tage später in der Nähe der deutschen Grenze von den Grenzbeamten gefasst, als er illegal ausreisen wollte. Er wurde, da man überall im Land und speziell in den Grenzbüros, Plakate über diesen Fall ausgehängt hatte, sofort verdächtigt und auch sogleich nach Bad Landeck überführt. Leider konnten sie dort den Namen des Mannes nicht herausfinden, da er keinerlei Papiere bei sich führte und in den Vernehmungen auch nichts preisgab. Sie fanden jedoch bei ihm eine Wehrmachtspistole Walther P38 und verglichen sie mit der bei dem Toten aufgefundenen Kugel. Dabei wurde eindeutig festgestellt, dass die Kugel aus dieser Pistole des Deutschen abgefeuert wurde. Außerdem fanden sie bei ihm eine SS-Tätowierung unter dem Arm und demnach muss er der Waffen-SS der deutschen Wehrmacht zugehörig gewesen sein.

„Ja, und was ist mit ihm passiert?", wollte Andreas wissen.

„Jetzt wird es ein wenig konfus, denn die Aussagen der später angehörten Justizbeamten widersprechen sich eklatant. Einige sagten aus, der Angeklagte sei während der Überführung in die Kreisstadt Glatz geflüchtet und andere sagten, er wäre bereits in Bad Landeck aus dem Gefängnis ausgebrochen. Aber fast alle vermuten, dass er bei der Befreiung von Gesinnungsgenossen Hilfe bekommen hätte. Es kam aber niemals heraus, wer er eigentlich war und auch nicht, wer ihm eventuell geholfen hatte zu entkommen. Jedenfalls ist er nie mehr irgendwo aufgetaucht und deshalb ist dieser Fall ja auch immer noch ungeklärt."

„Puh, das ist ja ein Ding", stöhnt Andreas und blickt zur Seite in Rosmaries' fast versteinertes Gesicht, die das alles noch gar nicht so recht fassen kann.

Nach einem kurzen Moment des Schweigens kommen beide zu demselben Schluss.

Das konnte nur Heinz, Tante Anitas erster Ehemann, gewesen sein!

Die SS-Tätowierung unter dem Arm und dann auch noch das Motiv der Rache weisen sehr stark auf ihn als Täter.

Und er war verschollen, kam nicht aus dem Krieg zurück zur Familie und niemand hat ihn jemals wiedergesehen.

Was soll man dazu sagen?

Beide schweigen, denn diese Vermutung wollen sie nicht äußern.

Sie sehen sich an und jeder weiß, was der andere gerade denkt.

Andreas findet zuerst seine Worte wieder und bedankt sich sehr herzlich bei Evelyn und natürlich auch bei der ihnen unbekannten Helferin aus dem Landratsamt und bittet Evelyn darum, ihr das auszurichten.

„Ach", bemerkt Evelyn, „nicht der Rede wert. Wir sind froh, dass wir euch wenigstens etwas weiterhelfen konnten. Aber davon abgesehen, wenn ihr wollt, dann könnt ihr heute Abend meine Freundin, die übrigens Nadja heißt, kennenlernen. Sie wird uns heute besuchen und ich denke, bei diesem schönen Wetter werden wir dann nach dem Abendessen auf der Terrasse noch ein Gläschen Wein trinken. Wir freuen uns, wenn ihr uns dabei Gesellschaft leisten würdet."

„Ja, ganz bestimmt werden wir das gerne tun", freut sich Rosmarie, „es ist schön, wenn wir Nadja sehen werden und bei dieser Gelegenheit uns persönlich bedanken können."

Sie verabschieden sich voneinander und wünschen sich gegenseitig einen schönen Tag.

„Bis heute Abend dann", ruft Andreas Evelyn noch nach, die bereits sehr geschäftig wieder in ihr Büro eilt.

„Und wir, was machen wir heute?", fragt Rosmarie ihren Mann.

„Schon Pläne geschmiedet?"

„Nein, eigentlich nicht. Hast du denn eine Idee?"

„Ja, weißt du, nach all diesen Eröffnungen heute, sollten wir mal einen auf ganz normalen Touristen machen. Bad Landeck ist mein Vorschlag. Die Stadt soll doch sehenswert sein. Ok?"

„Gute Idee, das machen wir."

Sie parken ganz in der Nähe des Kurparks, schlendern über die gepflegten Wege und bewundern die uralten Bäume und die blühenden Pflanzen rechts und links. Dann besuchen sie das Kurbad und staunen nicht schlecht, als sie die dort im Wandelsaal aufgehängten Bilder sehen, die viele berühmte Persönlichkeiten der Geschichte, Adlige und Politiker zeigen, die hier schon verweilten und es sich gut gehen ließen. Direkt am großen See des Kurparks setzen sie sich auf die Terrasse eines Eiscafés, bestellen einen riesigen Eisbecher mit Früchten und genießen den Tag bei herrlichem Wetter. Neben ihnen sitzt ein älterer Herr, der noch einen rüstigen Eindruck macht, mit dem sie ins Gespräch kommen. Sie staunen nicht schlecht, da er in perfektem Deutsch antwortet und ganz und gar nicht in das Klischee passt, dass alle Polen dieser Generation, bedingt durch die unglückselige Vergangenheit, automatisch deutschfeindlich eingestellt wären. Er ist überaus freundlich und erzählt ihnen sehr viel über die Geschichte und über die Sehenswürdigkeiten seiner Heimatstadt. Es tut richtig gut, zu erleben, wie man auf so einer Reise viele Ressentiments gegenüber seinen Nachbarvölkern über Bord werfen kann, denn leider berichten die Medien meistens immer nur über das Negative.

Das Gute liefert nun mal keine Schlagzeilen!

Das ist sehr bedauerlich, finden beide und beschließen, in Zukunft viel mehr auf Reisen zu gehen, so es denn ihre Zeit erlaubt.

Sie beherzigen die Tipps des alten Herrn, durchstreifen den alten Stadtkern und bewundern die zahlreichen geschichtsträchtigen Patrizierhäuser.

Gut erholt und mit vielen neuen Eindrücken versehen, kommen sie rechtzeitig zum Abendessen wieder in die Pension zurück. Evelyns Tochter und ihr Ehemann stellen sich den Gästen vor. Beide sprechen ebenfalls ein sehr gutes Deutsch und sie erzählten, dass sie in Görlitz deutsche Sprache und Geschichte studiert haben, und, ganz nebenbei sich näherkamen, sich ineinander verliebten und schließlich nun seit kurzem im Hafen der Ehe gelandet sind. Zur großen Freude der Oma verkünden sie die baldige Ankunft des Nachwuchses. Gerade in diesem Moment erscheint, fast wie verabredet, Evelyn mit ihrer Freundin Nadja, die sich zu den Gästen gesellen. Die Tochter eilt geschwind in die Küche, bevor was anbrennt und ihr Mann tischt die schon fertige leckere Suppe auf. In fröhlicher Runde genießen alle das schmackhafte Essen und anschließend begeben sich alle wieder in den Garten, um die Abendsonne in den Bergen untergehen zu sehen.

Nachdem sie ihre Tageserlebnisse geschildert haben, kommt Andreas plötzlich der Gedanke, ob vielleicht Nadja ihnen in einer weiteren Sache noch einmal behilflich sein könnte.

„Ich weiß, es klingt jetzt vielleicht ein wenig aufdringlich", fängt er behutsam an und wendet sich Nadja zu, ignoriert dabei Rosmaries etwas erstaunten Gesichtsausdruck.

„Aber wir haben nicht mehr viel Zeit, denn bereits Morgen nach dem Frühstück wollen wir, das heißt, nein, müssen wir wieder abreisen. Aber vorher würden wir sehr gerne noch etwas mehr über eine Familie erfahren, die, soweit wir wissen, mal hier in Wilhelmsthal gelebt haben soll. Vielleicht könntest du, vielleicht übers Einwohnermeldeamt, was herausfinden?"

„So, eine Familie aus Wilhelmsthal?", schaltet sich Evelyn ein, „um welche handelt es sich denn, denn ich glaube, ich kenne hier in unserem kleinen Dörfchen fast alle Leute?"

Andreas schaut zu Evelyn und antwortet ihr: „Es geht um eine Familie Schweighart, in die Rosmaries Tante Anita damals, so Mitte der 1940er Jahre eingeheiratet hat."

„Schweighart? So heißt die Familie?", redet Evelyn eigentlich mehr mit sich selbst und überlegt eine Weile.

„Hast du den Namen schon einmal gehört?", fragt sie Nadja.

„Nein, leider nicht, das sagt mir absolut nichts, obwohl ich jahrelang hier im Gemeindebüro gearbeitet habe. Muss wohl schon sehr lange her sein, als sie weggezogen sind."

Schweigend sitzen sie eine Weile zusammen, nippen an ihren Gläsern und warten irgendwie auf eine Eingebung.

„Oh, da fällt mir was ein", unterbricht Evelyn die Stille und sieht Nadja an, „du weißt doch noch, wo früher die Metzgerei war, hier vorne auf der Hauptstraße?"

„Sicher, die kenne ich auch noch. Aber die ist schon seit vielen Jahren geschlossen und die Eingangstür zum Laden ist ja heute noch verrammelt. Und du meinst, das waren die Schweigharts?"

„Nein, die hießen anders, hatten irgendwie einen ganz außergewöhnlichen Namen, etwas russisch klingend. Nein, die Schweigharts haben meiner Meinung nach damals über der Metzgerei im ersten oder zweiten Stockwerk gewohnt. In meiner Kindheit lebten da, meine ich, nur noch die ziemlich betagten Eltern. Ihre Kinder waren zu dieser Zeit wohl schon alle ausgezogen, falls sie überhaupt welche hatten. Allerdings sind sie bestimmt schon viele Jahre tot und ich kann mich überhaupt nicht mehr an sie erinnern. Nur der Name sagt mir noch was."

„Vielleicht sollten wir mal auf dem hiesigen Friedhof nachsehen", schaltet sich Rosmarie in das Gespräch ein, „wenn sie tatsächlich hier gestorben sind, dann wäre es doch möglich, ihr Grab zu finden."

„Ach, das glaube ich kaum", sagt Evelyn, „das ist ja schon Jahrzehnte her und da wird bestimmt alles schon weggeräumt worden sein, wie ihr ja in Neugersdorf selbst gesehen habt. Zumal man nie etwas von etwaigen Hinterbliebenen gehört hat."

„Ja, sicher", sagt Rosmarie etwas enttäuscht, „war ja auch nur so eine Idee."

„Aber gut", fügt Nadja an, „ich werde gleich morgen früh hier ins

Einwohnermeldeamt gehen und die Bücher nach dieser Familie einsehen. Wenn die tatsächlich hier gelebt haben, dann muss es auch Eintragungen dazu geben."

Die beiden bedanken sich vorab sehr herzlich bei ihr und stoßen mit einem Glas Sekt auf den wunderschönen Sommerabend an.

*

Die Koffer sind schon gepackt und gerade als sie diese im Auto verstauen, kommt Nadja eilends die Straße entlang, um sich noch zu verabschieden und ihnen ein Schriftstück auszuhändigen.

„Hast du denn was erreichen können?", erkundigt sich Andreas neugierig.

„Ja, sicher, aber lasst mich erst mal zu Puste kommen!"

Dabei wedelt sie mit einem Stück Papier und als sie auf dem Parkplatz angekommen ist, zeigt sie ihnen ihr Fundstück aus dem Bürgermeisteramt. Auch Evelyn hat es von ihrem Fenster aus gesehen und kommt geschwind hinzu. Es ist eine Kopie aus dem Melderegister und darin stehen alle Namen der Familie Schweighart, mit Geburtsdatum und bei den Eltern auch das Sterbedatum.

„Ich danke dir vielmals, Nadja", sagt Rosmarie und nimmt das Schriftstück an sich, „das ist sehr interessant, Details über diese Familie zu erfahren. Ich werde das an meine Tante weitergeben, denn die hatte uns darum gebeten."

Nach einem freundschaftlichen „Auf Wiedersehen" starten sie in Richtung Heimat.

Gleich nachdem sie den Ortsausgang hinter sich gelassen hatten, holt Rosmarie das Blatt Papier hervor und neugierig studiert sie die Eintragungen.

„Ah", triumphiert sie, „hier steht es, schwarz auf weiß! Das Puzzleteil passt haargenau zu unseren Vermutungen. Heinz'

Bruder Ludwig hat existiert und selbst das Geburtsdatum kommt hin. Er wurde 1926 geboren, war demnach nur ein Jahr jünger als meine Mutter und hätte deshalb vom Alter her sehr gut gepasst."

„Die große Frage ist nur, was ist aus ihm geworden?", stellt Andreas fest.

„Ja, das stimmt", antwortet Rosmarie, „und warum wurde niemals im gesamten Familien- und Freundeskreis über ihn gesprochen? Sicher ist nur, er war nicht bei den Vertreibungszügen dabei, weder bei den Braunschweigern, noch bei denen, die nach Leipzig kamen. Ich hätte in meiner Kindheit bestimmt was davon mitbekommen, denn gesprochen wurde über dieses Thema sehr oft bei zahlreichen Familienfeiern. Und auch mein Cousin Walter hat niemals was von einem Onkel Ludwig erzählt. Sollt ich vielleicht doch noch einmal ein Gespräch mit Tante Anita führen? Zumindest sie müsste doch was über ihren Schwager wissen."

„Das kannst das gerne versuchen, aber nach dem, was du mir von eurem letzten Gespräch berichtet hast, habe ich da meine Zweifel. Auch sie blockt in dieser Sache ab und will damit nicht mehr konfrontiert werden. Warum auch immer. Mich beschleicht so ganz langsam das Gefühl, nur wir beide sind daran interessiert die Wahrheit zu erfahren.

Nun, lass' uns mal zusammenfassen, was wir bisher erfahren haben. Wir haben jetzt zwei, wie soll ich sagen, potentielle „Vaterschaftsanwärter" für dich."

„Also", protestiert Rosmarie lächelnd, „wie sich das anhört, „Vaterschaftsanwärter".

„Wieso, ist doch nun mal eine Tatsache. Aber das habe ich auch mehr scherzhaft gemeint.

Zum einen haben wir den Vater, den deine Mutter angibt und von dem du eine Sterbeurkunde vorliegen hast, also dieser polnische Verwalter, namens Franzinek. Und der zweite Kandidat ist Ludwig, von dem wir jetzt definitiv wissen, dass er gelebt hat und nach Aussage deiner Mutter in Großvaters Schmiede

gearbeitet hat.
Aber ich zaubere jetzt sogar noch einen Dritten hervor."
„Wie bitte, noch einen? Wer sollte das denn sein?" fragt sie ihn
ungläubig.
„Das ist mir erst jetzt wieder eingefallen, da wir uns im Moment
ja sehr intensiv mit der Vergangenheit in der Heimat deiner
Großeltern beschäftigen. Deine Mutter erzählte mir früher bei
einem unserer Gespräche mal, eigentlich mehr beiläufig, eine
sehr merkwürdige Begebenheit, die in der Schmiede passierte."
„Na", unterbricht sie ihn erstaunt, „du scheinst ja wirklich ein
großes Talent zu besitzen, aus meiner verschwiegenen Mutter
was heraus zu kitzeln. Aber, bitte, mach weiter und lass hören."
„Es spielte sich während der Besetzung des Dorfes durch die
russische Armee ab, die kurzzeitig im Bürgermeisteramt Quartier
bezogen hatten. Ein kleiner russischer Junge war neugierig, kam
in die Schmiede und schaute Konstantin bei der Arbeit zu. Dabei
musste er wohl etwas herumgealbert haben und stieß gegen den
Ofen. Nun, deinem Großvater hat das bestimmt nicht gerade
gefallen, denn das war in einer Schmiede im wahrsten Sinne des
Wortes brandgefährlich und er nahm sich den Kleinen zur Brust,
setzte ihm ein paar Ohrfeigen und scheuchte ihn fort. Kurz darauf
erschien dessen Vater, sehr erbost und aufgebracht, dass ein
Deutscher seinen Sohn geschlagen hatte. Er zog sofort seine
Pistole heraus und war nahe dran, Konstantin zu erschießen."
„Oh", entsetzt sich Rosmarie, „was für eine schlimme Situation
für Opa. Davon habe ich auch noch nie etwas gehört. Wie hat er
sich denn retten können? Ja, und was hat das jetzt mit einem
möglichen Vater zu tun?"
„Langsam, das kommt schon noch.
 Der Russe war auf jeden Fall sehr aufgebracht und es sah
wirklich danach aus, er würde ernst machen. Ich kann mir
vorstellen, wie deinem Großvater ganz sicher das Herz in die
Hose gerutscht ist und er wahrscheinlich schon mit seinem Leben
abgeschlossen hatte. Doch durch eine günstige Fügung erschien

gerade in diesem Moment sein Schwiegersohn Lennart."

„Du meinst Lennart, der Holländer, der meine Tante Heidi geheiratet hat?"

„Ja, der war glücklicherweise in der Nähe, da er von seinem Lastwagen Material für die Schmiedewerkstatt abgeladen hat. Mit viel Geschick und bedingt durch seine hervorragenden Russischkenntnisse gelang es ihm, den gereizten Russen etwas zu beruhigen und ihn davon abzuhalten, die Schusswaffe zu gebrauchen. Gleich nachdem der Russe, immer noch wütend, wieder gegangen war, schlug er deinem Opa vor, ganz schnell die Treppe hinauf ins Obergeschoss zu eilen und da auch mehrere Tage sich zu verstecken, da er befürchtete, der Russe würde es sich doch noch mal anders überlegen und wieder zurückkommen. Diese gefährliche Situation war also noch lange nicht ausgestanden. Doch sie hatten großes Glück, denn kurz darauf wurden die russischen Soldaten abgezogen und so kam es zu keinem weiteren Zusammentreffen mehr."

„Meine Güte, wie dramatisch", entfährt es Rosmarie, „was für eine schreckliche Zeit! Da kann man aber wirklich von „Schwein gehabt" reden. Aber dennoch, wie um alles in der Welt kommst du denn nun auf einen weiteren Vaterkandidaten? Was hat diese Geschichte damit zu tun?"

„Nun, es geht mir um diesen Holländer Lennart, der viele Fragen aufwirft, wofür ich keine rechten Erklärungen habe."

„Lennart? Was hat denn mein Onkel Lennart mit all dem zu tun?"

„Dieser Mensch steckt voller Geheimnisse. Was zum Teufel, so frage ich mich, hat denn ein Holländer in dieser Zeit in diesem hinterwäldlerischen schlesischen Dörfchen verloren? Was wollte er denn da? Und wie kam er da hin? Und dann spricht er auch noch perfekt Russisch. Wer sprach denn damals in Deutschland bzw. in Holland Russisch? Was hatte er während des Krieges getan und wo war er da? Fragen über Fragen und keine Antworten. Oder weißt du etwas Näheres über ihn?"

„Nein, ganz ehrlich, wie du sagst, ebenfalls so gut wie nichts.

Auch über diese Dinge ist in der Familie nie gesprochen worden. Das einzige was so hinter der vorgehaltenen Hand gemunkelt wurde war, dass man vermutete, er könnte eventuell ein holländischer Nazisympathisant gewesen sein. Das war's auch schon."

„Hhm, nicht gerade viel", sagte Andreas nachdenklich. „In dieser Familie herrschte wohl immer die Devise: Reden ist Silber, Schweigen ist Gold. Und verschwiegen wurde tatsächlich sehr Vieles. Also, ich denke, der Holländer hat sich aufgrund seiner Vergangenheit diesen abgelegenen Ort als Versteck ausgesucht, weil er wahrscheinlich einige Dinge nicht gerade an die große Glocke hängen wollte. Vielleicht war er ja auch ein Kumpel von Heinz, der ihm diesen Tipp gegeben hat? Wer weiß? Und dann kommt ja auch noch hinzu, dass er einen Lastwagen hatte. Wo hatte er den her? So ein Wagen war bestimmt zu dieser Zeit ein Vermögen wert. Außerdem erwähnte deine Mutter, er hätte mit seiner Frau, also deiner Tante Heidi, bereits vor den Evakuierungen der Deutschen, bepackt mit Hab und Gut auf seinem LKW Neugersdorf in Richtung Westen verlassen. Wo hatte er diese Informationen her? So musste er nicht wie alle anderen als mitteloser armer Schlucker das Land verlassen".

„Ja, da stimme ich dir zu. Alles ist wirklich sehr mysteriös. Nur, was hat das jetzt mit einem eventuellen Vater von mir zu tun? Der war doch mit meiner Tante verheiratet?"

„Na ja, vielleicht hatte er auch an deiner Mutter Interesse gezeigt und eventuell auch an Tante Anita? Wir wissen es einfach nicht, was da abgegangen ist. Alles schweigt. Keiner rückt mit der Wahrheit heraus. Wir können nur mutmaßen. Auf jeden Fall sollten wir auch ihn mit auf der Rechnung haben, denn merkwürdig ist für mich schon, dass er sozusagen bei Nacht und Nebel, just zu dem Zeitpunkt, wo man vermutete, die zwei Schwestern seien schwanger, Neugersdorf verlassen hat und erst viel später dann wieder in Holland auftauchte. Was hatte er zu verheimlichen? Wer war dieser Mann? So wie mir deine Mutter berichtete, soll er sehr weltmännisch gewesen sein und, das bemerkte sie mit einem schelmischen Lächeln, auch sehr gut ausgesehen haben. Halt blond und blauäugig, ganz so, wie das Idealbild der Nazis von einem richtigen Arier."

*

Gedankenverloren und jeder mit sich selbst beschäftigt, fahren sie weiter auf den völlig überfüllten Landstraßen Polens bis zur Grenze und sind heilfroh, ohne größere Staus durchzukommen. Endlich erreichen sie den Grenzübergang und sie können auf der gut ausgebauten Autobahn in Richtung Dresden weiterfahren. Schon bald sehen sie die Ausfahrt Leipzig. Andreas drosselt den Motor und fährt plötzlich rechts ab.

„Was hast du vor?", fragt Rosmarie ihn erstaunt, „musst du tanken?"

„Nein", lächelt er, „das nicht. Wir haben ja gerade erst an der Grenze aufgetankt. Ich habe mir gedacht, wenn wir schon in dieser Gegend sind, dann wäre das doch die beste Gelegenheit mal die Stadt deiner Kindheit aufzusuchen, oder? Ich würde sehr gerne mal sehen, wo du aufgewachsen bist und ob es dort größere Veränderungen gegeben hat. Und Leipzig selbst soll mittlerweile auch sehr attraktiv geworden sein."

„Sicher, das wäre schön, dir alles zu zeigen. Ich war ja auch schon sehr lange nicht mehr hier. Aber wir haben die Zeit nicht dafür, wegen unseres Geschäfts, wie du doch selbst weißt."

„Keine Bange", grinst er amüsiert, „ich habe alles geregelt. Vorhin, beim Tanken, als du auf der Toilette warst, habe ich unseren Sohn angerufen. Er hat, laut seiner Aussage, alles im Griff und keine Probleme. Und deshalb hat er uns sozusagen die Erlaubnis gegeben, noch einen Tag dranzuhängen. Ist doch prima, findest du nicht?"

„Ja, das ist schön und gut, nur, meinst du denn, es stimmt auch wirklich? Hoffentlich will er uns einfach nur nicht die Reise vermiesen und hat dir was vorgeflunkert."

„Ach, Liebes, sei bitte nicht immer so misstrauisch. Er ist ein cleverer Bursche und ich habe großes Vertrauen in ihn. Was Schlimmes wird er uns schon nicht verheimlichen und schließlich sind wir ja Morgen wieder da und können eventuell das Eine oder Andere wieder ausbügeln, sollte es wirklich nötig sein. Jetzt freuen wir uns auf diesen Abstecher und suchen erst mal ein Hotel für diese Nacht. Und dann zeigst du mir deine alte Heimat."

Direkt an der Hauptstraße in Richtung Innenstadt liegt ein international bekanntes Hotel und auf Nachfrage bekommen sie für diese Nacht ein Zimmer. Da es bereits dämmert, beschließen sie das Abendessen im Hotelrestaurant einzunehmen. Anschließend fahren sie mit dem Aufzug zur Dachterrasse und genießen den herrlichen Blick über die Stadt Leipzig.

*

Nach einem ausgiebigen Frühstück schauen sie sich den Stadtplan an und suchen die Straße, wo Rosmarie ihre Kindheit verbracht hatte. Am besten war sie mit der Straßenbahn zu erreichen. Die freundliche Dame an der Rezeption klärt sie auf, wo sich die nächste Haltestelle befindet und wie das genau mit dem Fahrscheinautomaten funktioniert. Mit der Bahn geht es quer durch die Stadt und Rosmarie ist, obwohl sie schon so lange nicht mehr hier war, sofort wieder im Bild und kann Andreas die eine oder andere Sehenswürdigkeit zeigen. Im imposanten Leipziger Hauptbahnhof steigen sie aus, denn von hier aus kann man fußläufig ihr ehemaliges Wohnhaus gut erreichen. Es befindet sich direkt an der Ecke zur Hauptverkehrsstraße, die früher in DDR-Zeiten „Straße der deutsch-sowjetischen Freundschaft" genannt wurde. Sie schlendern durch die Innenstadt, die sich sehr zu ihrem Vorteil verändert hat und auch für sie kaum noch wiederzuerkennen ist; alles neu gebaut, fußgängerfreundlich und voller Menschen, vornehmlich

Studenten, die an der nahegelegenen Universität studieren. Sie sind begeistert von der neuen Mädlerpassage, die der bekannte und dann schließlich pleite gegangene Baulöwe Schneider erbaut hatte. Andreas will es sich natürlich nicht entgehen lassen, mal einen Blick in den neu renovierten und schon seit Goethes Zeiten sehr bekannten Auerbachskeller zu werfen. Dr. Faustus und Mephisto aus Bronze begrüßen am Eingang die Besucher.

Dann gehen sie ein paar Straßen weiter und stehen schließlich vor dem Haus ihrer Kindheit. Es sieht noch genauso aus, wie sie es in Erinnerung hat. Nur die Nutzung scheint heute anders zu sein. In der großen Parterrewohnung, in der damals mehrere Familien wohnten, ist nun ein Kindergarten eingerichtet worden. Da das Hoftor offensteht, gehen sie um das Haus herum und werfen einen Blick in den Garten, den Rosmaries Oma immer so liebevoll gepflegt hatte. Ihr Opa saß abends immer auf der Gartenbank und rauchte seine Pfeife. Nun aber ist von dem schönen Garten nichts mehr zu sehen. Zu ihrer Enttäuschung hat man alles gepflastert, ein paar Kinderspielgeräte lieblos einbetoniert, einen Sandkasten und ein paar Bänke aufgestellt. Die großen Bäume hatten sie abgeholzt und selbst für ein paar Blumen war anscheinend kein Platz mehr vorhanden. Sie verlassen diesen doch ziemlich trostlosen Ort und gehen weiter die Straße entlang. Rosmarie will Andreas noch zeigen, wo sie früher immer zum Einkaufen ging. Doch auch der alte Krämerladen ist nicht mehr vorhanden. Die Eingangstür, die man anhand des Rahmens noch erkennen kann, wurde zugemauert und dahinter befinden sich offensichtlich heute Wohnungen.

„Nun gut", sagt sie ein wenig enttäuscht, „das hätte man erwarten können, denn überall hat sich vieles verändert. Nur der Wandel ist beständig. Doch halt", dabei fällt ihr Blick auf das Straßenpflaster und sie muss lächeln, „schau hier, das Pflaster. Die schwarzen Granitsteine, die sind noch da. Nur die großen Schlaglöcher gab es damals noch nicht, die haben sie jetzt mit Teer ausgefüllt. Aber ansonsten ist die Straße, auf der rechts und links große Bäume stehen, die im Sommer angenehmen Schatten spenden, noch ebenso, wie sie sie in Erinnerung hat. Natürlich war damals bei weitem nicht so viel Verkehr wie heute und deshalb konnten sie hier mit den Nachbarskindern immer unbesorgt spielen, ohne Angst zu haben, überfahren zu werden. Dann gehen sie ein paar Straßen weiter, denn sie will Andreas unbedingt noch ihre alte Schule zeigen. Hier wird sich wohl bestimmt nicht viel verändert haben, nimmt sie an. Und richtig, das ehrwürdige, aus dem neunzehnten Jahrhundert stammende große Gebäude, steht noch genauso da, wie sie es in Erinnerung hat. Davor ist ein riesiger eingezäunter Platz und exakt in der Mitte stehen ein paar ausladende Bäume.

„Das ist der Pausenhof", strahlt sie, „hier sind wir immer morgens Klassenweise zum Fahnenappell angetreten und in den Pausen immer im Kreis rund um die Bäume gelaufen."

„Wie bitte", fragt Andreas sie ungläubig, „im Kreis gelaufen?"

„Ja", lacht sie, „du hast richtig gehört, immer um die Bäume herum und alle in einer Richtung. Hier herrschte noch Zucht und Ordnung. Es gab kein wildes Herumtollen, oder Schubsen, oder ganz zu schweigen gar Prügeleien. Die Lehrerschaft war sehr streng und hat das sofort unterbunden. Ich muss dir ehrlich sagen, ich finde das auch heute noch ganz in Ordnung. Was da manchmal an unseren Schulen abgeht, na, weißt du, gut finde das nicht gerade. Tja, die Zeiten ändern sich, aber bei manchen Dingen glaube ich, es war früher nicht alles schlechter als heute."

Andreas kann sich ein Lächeln nicht verkneifen bei der Vorstellung, die kleine Rosmarie schnatternd mit ihren Klassenkameradinnen im Kreis um die Bäume schlendern zu sehen. Aber gut, offensichtlich hat es ihr gefallen. Seine Kindheit im Westen war da schon ein wenig anders, freier und wesentlich lockerer. Aber was war nun besser? Das muss jeder für sich entscheiden.

Rosmarie genießt die kleine Zeitreise sehr, schwelgt in Erinnerungen und erzählt ihm auf der Rückfahrt in der Straßenbahn lustige, komische, manchmal auch melancholische

Begebenheiten aus ihrer nach ihren Schilderungen sehr schönen Kindheit.

Im Hotel angekommen, checken sie aus und machen noch einen kleinen Abstecher zum Friedhof, suchen vergeblich nach dem Grab ihrer Großmutter und verweilen dort einen Moment in stillem Gedenken an sie.

Schließlich machen sie noch den obligatorischen Besuch eines jeden Leipzigbesuchers und fahren zum Völkerschlachtdenkmal.

Danach geht es weiter zur Autobahn und auf dem „Flüsterasphalt" gen Westen in Richtung Heimat.

27. Kapitel

Das von Rosmarie befürchtete Chaos in der Firma ist tatsächlich nicht eingetroffen und Andreas ist sichtlich stolz auf ihren Sohn, der Recht hatte mit der Behauptung, alles im Griff zu haben.

„Wie du siehst, meine Liebe, können wir in Zukunft unbesorgt Urlaub machen und schon mal eine Kreuzfahrt buchen", scherzt er, „ich glaube, wir werden hier überhaupt nicht mehr gebraucht", fügt er mit Blick auf Sven hinzu.

„Na, na, das denke ich aber nicht. Ich werde sicher noch ein paar Jahre brauchen, bis ich wirklich dazu in der Lage bin, die Firma alleine zu leiten. So leicht kommt ihr mir nicht davon."

„Aber für einen Urlaub reicht es schon, wie ich sehe. Es muss ja nicht gleich eine Weltreise sein", ergänzt Andreas gut gelaunt.

Rosmarie blickt etwas skeptisch zu den beiden, die es sich im Chefbüro auf den Besuchersesseln bequem gemacht haben. Sie will gerade etwas sagen, wird jedoch vom Summen des Telefons unterbrochen. Sven nimmt den Hörer ab.

„Ja, gut, vielen Dank", sagt er zu der Mitarbeiterin, „stellen Sie das Gespräch durch."

„Es ist für dich", stellt er fest und gibt den Hörer weiter an seine Mutter.

„Hallo!", meldet sich Rosmarie, „Jasiewicz am Apparat. Mit wem spreche ich?"

„Hallo, Rosi! Hier ist Walter. Dein Cousin."

„Walter! Wie schön, dass du dich mal meldest. Ich hoffe, es geht dir und deiner Familie gut?"

„Ja, danke der Nachfrage, soweit ist alles in Ordnung bei uns. Ich habe gehört, ihr habt eine Reise nach Neugersdorf gemacht. War es denn schön?"

„Es war wirklich ein Erlebnis, wir haben viel gesehen und auch neue Informationen mitgebracht. Das wird dich sicherlich auch interessieren. Wir müssen uns unbedingt bei Gelegenheit mal wiedersehen."

„Ja, und das wird bestimmt bald sein, denn ich habe leider keine guten Nachrichten."

„So, was ist denn passiert?"

Vater und Sohn haben sich die ganze Zeit leise unterhalten, horchen jetzt aber auf und sehen gespannt zu Rosmarie hinüber, um zu erfahren, was los ist.

„Meine Mutter, also deine Tante Anita, ist gestern leider verstorben."

„Oh, nein!", ruft Rosmarie. „Tante Anita ist tot! Wie, wie, ist das denn möglich, so plötzlich? Wir hatten ja keine Ahnung, dass sie krank ist."

„Ja, das glaube ich dir, denn auch für uns kam es völlig unerwartet. Obwohl, na ja, ihr wart schließlich schon lange nicht mehr hier in Hannover und deshalb habt ihr auch nicht mitbekommen, wie es mit ihr in letzter Zeit ständig bergab ging."

„Aber, Walter, warum hast du mich nicht früher angerufen? Ich wäre ganz sicher sofort gekommen, wenn ich das gewusst hätte. Du weißt doch auch, wie sehr ich an Tante Anita hing. Woran ist sie denn gestorben?"

„Es war wohl einfach nur Altersschwäche. Ihr Herz hat plötzlich aufgehört zu schlagen und als die Pflegerin morgens nach ihr gesehen hat, war sie schon tot. Irgendwie hatten wir schon die ganze Zeit das Gefühl, sie hat keine rechte Freude mehr am Leben und suchte vielleicht nur noch Ruhe und Frieden."

Rosmarie hat es die Sprache verschlagen und kämpft mit den Tränen. Deshalb verabschiedet sie sich schnell von Walter und gibt den Hörer weiter zu Andreas.

Wie durch eine Nebelwand vernimmt sie das weitere Gespräch zwischen den beiden und ganz vage registriert sie, dass es dabei wohl um den Beerdigungstermin geht.

28. Kapitel

Tante Anita hatte sich eine Feuerbestattung erbeten und deshalb dauerte es noch zehn Tage bis zur Trauerfeier und der anschließenden Beisetzung der Urne. Sie hatte sich gewünscht, ihre letzte Ruhestätte sollte unter einer großen Eiche in einem Friedwald sein.

Viele Familienmitglieder sind nach Hannover gekommen, um ihr die letzte Ehre zu erweisen. Manche haben sich schon jahrelang nicht mehr gesehen und deshalb ist es, wie meistens bei Beerdigungen, auch ein großes Familientreffen. Anschließend gehen oder fahren alle in eine Gaststätte und bei Kaffee und Kuchen wird, nachdem die Betroffenheit etwas nachgelassen hat, geplaudert und man erzählt sich gegenseitig, was sich so in letzter Zeit zwischen dem letzten Treffen bis heute alles begeben hat. Vor allem der Zweig der Familie, die in Holland leben, haben viel zu berichten, denn allzu oft begegnet man sich nicht.

Später, es ist schon fast Abend, als sich die meisten Trauergäste bereits verabschiedet haben, nimmt Walter seine Cousine Rosmarie am Arm und führt sie ins Treppenhaus.

„Ich habe etwas für dich", sagt er zu ihr und holt einen Briefumschlag aus der Innentasche seines dunklen Anzugs.

„Das hat mir deine Tante vor einiger Zeit gegeben, mit der strikten Anweisung, dieses allerdings erst an dich auszuhändigen, wenn sie gestorben ist."

„Oh!", sagt Rosmarie erstaunt, „für mich? Was bedeutet das denn?"

„Ich habe nicht die geringste Ahnung, was das ist und warum ich dir das geben soll. Und was drinsteht, weiß ich auch nicht. Sie hat mir nichts darüber gesagt, sondern mir nur aufgetragen, dafür zu sorgen, dass du das hier nach ihrem Ableben bekommst. Sie war schon in letzter Zeit ein wenig merkwürdig. Aber gut, natürlich habe ich ihr versprochen, ihren Wunsch zu erfüllen. Hier, bitte, nimm den Briefumschlag an dich."

Rosmarie nimmt ihn dankend entgegen und steckt ihn in ihre Handtasche.

Gemeinsam gehen sie wieder in die Gaststube zurück und verabschieden sich von dem Rest der Trauergesellschaft. Andreas hat in der Zwischenzeit bereits den Wagen geholt und wartet am Eingang auf sie. Den Umschlag erwähnt sie nicht, denn sie will ihn sich in aller Ruhe erst zuhause ansehen.

29. Kapitel

Rosmarie ist verständlicherweise sehr neugierig zu erfahren, was Tante Anita ihr postum mitzuteilen hat. Sie ist alleine in der Küche, Kinder und Mann sind bereits aus dem Haus und nun hat sie die Ruhe und Muse sich damit zu beschäftigen. Sie holt den Umschlag aus ihrer Handtasche hervor und schaut ihn sich an.

Es ist ein großer weißer Umschlag, worauf auf der Vorderseite in der ihr gut bekannten Handschrift der Tante fein säuberlich ihr Name steht. Als sie ihn umdreht, sieht sie, dass er mit rotem Siegellack und Stempel verschlossen ist. Sie erkennt sofort das Familienwappen der Meisters, da es in dieser Familie schon immer üblich war, wichtige Dokumente solchermaßen zu verschließen. Ihre Tante war wohl der Meinung, dieses Schreiben wäre es wert, diese Tradition unbedingt beizubehalten.

Fast tut es ihr leid das Siegel zu brechen, aber schließlich gibt sie sich einen Ruck und öffnet ihn. Es kommt ein mehrere Seiten langer Brief zum Vorschein und sie beginnt sofort an zu lesen.

Meine liebe Rosmarie, mein Rosilein!

Von allen Menschen, denen ich in meinem doch recht langen Leben begegnet bin, bist Du mir die Wertvollste und Einzige, die ich wirklich von ganzem Herzen geliebt habe. Es ist mir ein großes Bedürfnis bei Dir meine Beichte abzulegen und Dich um Verzeihung zu bitten für all die Lügen und Geheimnisse, die ich Dir angetan habe.

Du weißt, ich bin im Vergleich zu deiner Mutter nicht gerade eine große Kirchgängerin gewesen, aber dennoch habe ich ganz fest an unseren Heiland und an Gott geglaubt. Aber vor einem Pfarrer eine Beichte abzulegen, ist mir ein wahrer Graus und das habe ich auch nur auf Druck meiner Eltern in meiner Kindheit machen müssen. Aber nun, da ich vor dem Angesicht meines Schöpfers stehe, muss ich wenigstens Dir gegenüber ehrlich und offen sein und, ich hoffe inständig, so vielleicht mein Gewissen ein wenig zu entlasten.

Doch wo soll ich anfangen?

Was bedrückt Dich am Meisten?

Ganz sicher das, was Du mir vor langer Zeit einmal in einem unserer leider sehr wenigen vier Augengespräche gesagt hast und was Dich, wie ich weiß, bis zum heutigen Tag so sehr belastet.

Was ist damals in Neugersdorf vorgefallen?

Ich muss ein wenig in der Zeit zurückgehen, damit Du mich und die gesamte Familiensituation besser verstehst. Mein Vater, also Dein Opa Konstantin, war über alle Maßen traurig, da ihm kein Sohn und somit ein potenzieller Nachfolger für seine geliebte und unter schwierigsten Verhältnissen erworbene Schmiedewerkstatt, geboren wurde. Einzig vier Töchter waren ihm vergönnt, obwohl er sogar drei verschiedene Ehefrauen hatte. Jedoch, er beklagte das niemals und uns gegenüber ließ er sich das niemals anmerken. Er war immer ein guter Vater, wie auch später er ein guter Großvater zu Dir war. In seiner Not versuchte er es mit verschiedenen Adoptivsöhnen, die ihm jedoch immer wieder aus den verschiedensten Gründen abhandenkamen.

Weiß der Himmel, weshalb das geschehen ist!

Nun kam die Zeit, dass die erste Tochter, also meine Halbschwester Lina aus seiner zweiten Ehe, ins heiratsfähige Alter kam und er voller Hoffnung war, wenigstens einen kompetenten Schwiegersohn zu bekommen.

Wie es zu dieser Zeit üblich war, schaute er sich nach einem geeigneten Mann für seine Tochter um und fand einen sehr patenten Kerl im Nachbarort Wilhelmsthal. Ein fleißiger Handwerker, aber leider ohne jegliches Interesse an der Schmiedekunst. Er hatte Maurer gelernt und ging ganz in seinem Beruf auf, fing auch sogleich nach der Bekanntgabe der bevorstehenden Hochzeit an, ein eigenes Haus zu bauen und holte nach Fertigstellung seine Braut zu sich in den Nachbarort. Sehr bald konnten sie sich über die Geburt eines Sohnes freuen und lebten dort glücklich und zufrieden bis zu dieser leidvollen Vertreibung im Jahre 1946.

Glück für die jungen Eltern, aber wieder einmal Pech für ihn.

Jetzt, ein paar Jahre später, war ich als älteste der drei Töchter aus seiner dritten Ehe an der Reihe und sollte ebenfalls verheiratet werden. Ich hatte überhaupt keine Lust dazu, aber damals war es eben so üblich, dass in erster Linie der Vater darüber bestimmte, seine Frau meist Ja und Amen dazu sagte und die beiden Väter über die Details einer Hochzeit verhandelten. Dieses ungeschriebene Gesetz existierte bereits seit vielen Jahrhunderten und wurde gerade in solch abgelegenen Orten wie Südschlesien als ganz normal angesehen.

Liebe, was ist das?

So fragte ich mich sehr oft. Ich habe sie leider in meiner Ehe nicht erlebt, auch in meiner zweiten nicht. Alles war immer wieder der Vernunft geopfert.

Er fand auch alsbald einen geeigneten Mann, ebenfalls aus Wilhelmsthal.

Weshalb schon wieder aus Wilhelmsthal?

Nun, das habe ich nie erfahren, nahm aber an, es war wahrscheinlich eine Empfehlung des ersten Schwiegersohns oder dessen Vaters. Ist ja auch nicht wichtig. Wichtig ist nur, dass ich mit diesem Mann alles andere als einen Glücksgriff gemacht hatte. Es stellte sich sehr bald heraus, er war herrschsüchtig und oft sehr grob. Sollte ich mal nicht sofort nach seiner Pfeife tanzen, wurde er gewalttätig und schlug mich. Aber damit durfte ich bei meinen Eltern nicht kommen, denn im Zweifelsfall hatte ja immer der Mann recht, so zumindest die Meinung des Vaters. Meine Mutter schwieg einfach nur. Das Schlimmste daran war, dass wir keinen eigenen Hausstand hatten und gezwungen waren, in unserem Elternhaus zu leben. Also schluckte ich alles und kuschte, damit es nicht ausartete und die Familie möglichst wenig von dem mitbekam, was sich in unserem kleinen Raum zutrug. Auch seine politischen Ansichten konnte ich nicht nachvollziehen. Ich fand es einfach unmöglich, wie er sich mit Feuer und Flamme den Nazis andiente. In diesem Haufen brauner Gesinnungsgenossen machte er dann auch ziemlich schnell Karriere.

Merkwürdigerweise schritt unser Vater bei ihm nicht ein, akzeptierte, beziehungsweise respektierte offensichtlich seine Meinung und sein Verhalten. Irgendwie passte das überhaupt nicht zu ihm, da er immer so seriös, rechtschaffen und unbescholten war. Zunächst vermutete ich, er würde eventuell ebenfalls seine politischen Ansichten teilen und deshalb nichts Gegenteiliges sagen. Aber das konnte ich einfach nicht glauben, denn es passte nun überhaupt nicht zu seinem Charakter. Er, der sich gar mit seinen Vorgesetzten im kaiserlichen Regiment anlegte und sich von niemandem etwas sagen ließ, sollte Nazianhänger sein? Nein, das musste einen anderen Grund haben. Viel später erfuhr ich alles, aber jetzt erst einmal weiter.

Mein damaliger Mann, wie Du sicherlich bemerkst, vermeide ich ihn bei seinem Namen zu benennen, so sehr verachte ich ihn auch heute noch, trieb es dann auf die Spitze. Eines Tages kam er mit seinem jüngeren Bruder zu uns nach Hause und stellte ihn vor. Er hatte mit unserem Vater verabredet, dieser solle von nun an in der Schmiede mitarbeiten. Unser Vater nickte nur dazu und sagte kein Wort, was uns einigermaßen verblüffte. Dann sagte er und blickte zu meiner Schwester Magda, es wäre doch wunderbar, wenn sie seine Schwägerin werden würde. Du kannst Dir bestimmt vorstellen, wie bestürzt wir alle dreinschauten. Meine Schwester Magda wusste eben so wenig von diesem Plan wie unser Vater, ja, die ganze Familie wurde davon überrascht. Die beiden Brüder grinsten frech und freuten sich offensichtlich über diesen in ihren Augen gelungenen Clou und nicht einmal der Vater machte irgendwelche Einwände.

Von nun an wohnte Ludwig, so hieß der Bruder, bei uns im Haus und ging jeden Tag in die Schmiede zur Arbeit. Magda hatte es nicht leicht, denn ständig versuchte er ihr näher zu kommen und machte oft auch anzügliche Bemerkungen. Diese beschwerte sich zwar bei unserem Vater, aber ohne Erfolg. Die Brüder gingen gar soweit, dass sie offen darüber sprachen, in Ludwig den legitimen Nachfolger für die Schmiede gefunden zu haben. Und Vater schwieg und erduldete auch diese Anmaßung.

Dann endlich hatte ich ein wenig meine Ruhe. Ich weiß, es klingt ganz schrecklich, aber der Krieg war, jedenfalls für mich, ein Segen. Da mein Mann unbedingt in die Eliteeinheit der Waffen-SS kommen wollte, meldete er sich freiwillig an die Front. Nun war er oft monatelang nicht da, ich sah und hörte nichts von ihm und genoss das Leben, so es denn unter der Aufsicht der Eltern überhaupt möglich war. Bei einem seiner Fronturlaube musste ich ihm wieder einmal willig sein und neun Monate später wurde dann auch unser Sohn geboren. Ich hatte sehr viel Freude an dem Kleinen, beobachtete ihn jedoch immer wieder sehr genau, ob er wohl die schlechten Eigenschaften seines Vaters geerbt haben könnte. Aber bis zum heutigen Tag kann ich das zum Glück nicht feststellen und dafür danke ich meinem Herrgott von ganzem Herzen.

Schließlich, kurz vor Ende des Krieges, wurde auch Ludwig einberufen. Er musste nach Rostock reisen, um dort eine Marineausbildung zu machen. Welch ein Hohn, denn zu dieser Zeit hatte die deutsche Marine so gut wie keine Schiffe mehr. Es schien so sinnlos, diese jungen Menschen in dem aussichtslos gewordenen Kampf zu opfern. Das hatte wohl auch Ludwig erkannt, denn eines nachts klopfte es an unserer Tür und er war wieder zurück. Er schilderte uns, dass er bei den ersten Kampfhandlungen mit den weit überlegenen Truppen der Sowjetarmee bei Nacht und Nebel mit mehreren Kameraden die Flucht ergriffen und sich bis zu seinem Elternhaus in Wilhelmsthal durchgeschlagen hat, zum Glück unerkannt. Das war damals sehr gefährlich, denn selbst in den letzten Tagen des Krieges wurden noch Fahnenflüchtige standrechtlich erschossen. Seine Eltern wussten das natürlich auch und meldeten ihn bei der Kommandantur in Bad Landeck als vermisst.

Im Elternhaus konnte er unmöglich unerkannt bleiben und deshalb schickten sie ihn zu uns. Wir versteckten ihn bis zum Ende des Krieges im Heuboden unserer Scheune. Dann endlich war der unheilvolle Krieg zu Ende. Alle Menschen waren darüber sehr erleichtert, doch ich hatte große Angst vor dem Moment, dass mein verschollener Mann wieder zurückkommt. Bei jedem Geräusch an der Haustür schreckte ich auf und sah ihn schon fast vor mir im Türrahmen stehen. Es war ein immerwährender Albtraum, den ich tagtäglich erlebte. Ich stellte mir vor, wie es sein würde, mit diesem demoralisierten, kaputten und auch noch obendrein gewalttätigen Menschen leben zu müssen. Es ist verwerflich so zu denken, aber ich wünschte mir tatsächlich, er hätte sein Leben an der Front gelassen.

Und zum Glück für mich und bestimmt auch für unseren kleinen Sohn, er kam nicht zurück. Doch es kamen die ersten Russen mit ihren Panjewagen, Lastwagen und Panzern durch unser Dorf. Es war fürchterlich und unbeschreiblich, was wir da erleben mussten. Sie waren so voller Hass auf uns Deutsche. Sie nahmen sich alles, was sie kriegen konnten, vergewaltigten die Frauen, die es nicht geschafft hatten, sich rechtzeitig in den Wäldern zu verstecken. Die Männer wurden gefoltert, damit sie die wenigen Habseligkeiten, die man als armer Dorfbewohner überhaupt haben konnte, herausrückten. Alle Menschen weit und breit mussten unter dieser brachialen Gewalt unglaublich leiden und waren deshalb heilfroh, als sie nach kurzer Zeit die Gegend verließen und weiterzogen. Sie ließen nur ein paar Wachsoldaten zurück, die sich im Bürgermeisteramt einquartierten und ihren eintönigen Alltag meist mit

Wodka betäubten. Ein paar Monate herrschte Ruhe und alle dachten, nun wäre das Schlimmste vorüber. Doch weit gefehlt. Es sollte noch übler kommen, denn die selbst aus ihrer Heimat von den Russen vertriebenen Polen, Litauer und Letten waren im Anmarsch und suchten sich eine neue Heimat, und die sollte in Deutschland sein. Sie waren die Kriegsgewinner und pochten nun auf ihr Recht. Sie hatten 1939 bei dem Einmarsch der deutschen Truppen sehr gelitten und wurden brutal übermannt. Nun nahmen sie Rache dafür und nahmen den gesamten Besitz der deutschen Bevölkerung in Anspruch. Alles, Haus, Möbel, Land, Vieh und alle Wertgegenstände beschlagnahmten sie, quartierten sich ein und ließen den Deutschen, die nun ihre Arbeitskräfte waren, nichts mehr.

Nun, es war im Winter 1945/46, da wurde in unserem Haus ein alleinstehender Pole aus Litauen einquartiert. Völlig mittellos, ohne Geld, Besitz und mit zerschlissener Kleidung stand er vor unserer Tür und bat um Einlass. Er war, ganz anders als die Anderen, sehr nett und zurückhaltend, sodass wir, obwohl es natürlich große Sprachbarrieren zwischen uns gab, bald ein wenig Vertrauen zu ihm aufbauten. Normalerweise, wie es überall vorkam, hätte er sich einfach Kleidung aus unseren Schränken nehmen können, aber nein, das tat er nicht. Mit Händen und Füßen fragte er danach und unser Vater war bereit, ihm etwas zu überlassen. Doch bei der Anprobe stellte man fest, ihm passte nichts recht, da er wesentlich größer war. So ging ich in mein Zimmer und gab ihm einen Anzug meines verschollenen Mannes, da ich zu diesem Zeitpunkt nicht mehr daran glauben mochte, dass dieser wieder nach Hause kommen würde.

Immerhin waren nun schon fast zwei Jahre nach Kriegsende vergangen und ich hatte überhaupt nichts mehr von ihm gehört oder gesehen. Der Pole, oder wie man heute sagen würde, Litauer, da er aus Wilna stammte, hieß Franzinek. Seinen Nachnamen habe ich leider nicht behalten, er klang so fremdartig für uns. Er zeigte uns eine Art Berechtigungsschein der polnischen Verwaltung und radebrechte, er dürfe nun in unserem Haus leben. Meine Eltern zeigten ihm ein kleines Zimmer im Erdgeschoss neben dem großen Wohnzimmer, das von Vater bisher als Büro genutzt wurde und fragten ihn, ob es für ihn ausreichend wäre. Er bejahte es und richtete sich mit seinen äußerst spärlichen Habseligkeiten dort ein. Unsere Familie bewohnte das Obergeschoss und die Küche war weiterhin Mutters Revier. Gemeinsam aßen wir dann alle im gemütlichen Wohnzimmer. Es war ein durchaus einvernehmliches Leben mit ihm. Er war nie aufdringlich und außerdem auch sehr wissbegierig. Da er in Wilna bereits in der Schule ein wenig Deutsch gelernt hatte, wollte er unbedingt dazulernen. Wie man im Dorf so hörte, hatten wir ganz großes Glück mit ihm, denn es kursierten die schlimmsten Horrorgeschichten, wie es in anderen Familien seit der Besetzung zuging. Von Enteignungen und gar von Folterungen war bisweilen die Rede. Ganz das Gegenteil in unserem Haus, denn Franzinek war es immer wieder, der gewaltbereite Polen von unserem Hof vertrieb. Wirtschaftlich gesehen war es eine verdammt harte Zeit. Die Polen gaben zwar unserem Vater in der Schmiede und Stellmacherei viel Arbeit, aber sie bezahlten nur einen Hungerlohn oder meist überhaupt nicht. Dennoch musste ja das Material eingekauft werden und so schlug man sich mehr schlecht als recht durchs Leben. Zum Glück hatten wir noch etwas Landwirtschaft und mussten wenigstens nicht hungern. Franzinek war bei der polnischen Verwaltung in Bad Landeck beschäftigt und hatte somit als Einziger im Haus immerhin ein geregeltes Einkommen, wenn es denn auch ausbezahlt wurde. Manchmal sah ich, wie er hin und wieder unserer Mutter was zusteckte, damit sie was Ordentliches auf den Tisch bringen konnte. Ja, ich hatte das Gefühl, er fühlte sich fast wie ein Familienmitglied und sein Deutsch wurde auch von Tag zu Tag besser.

Wie Du zwischen den Zeilen bestimmt lesen kannst, liebe Rosi, muss ich gestehen, ich habe mich heimlich in ihn verliebt. Aber, ganz klar, die Betonung liegt auf heimlich, denn das war in dieser schrecklichen Zeit unmöglich. Man konnte und durfte sich als Deutsche nicht in einen Polen verlieben. Umgekehrt natürlich genauso. Aber Franzinek war es nicht entgangen und manchmal erwiderte er mein verschämtes Lächeln ebenfalls. Es war sozusagen eine rein platonische Liebe.

Aber das blieb nicht so, wie Du vielleicht schon vermutest. Doch dazu etwas später.

Wie ich bereits ausführte, lebte Ludwig ebenfalls bei uns im Haus und arbeitete immer noch mit Vater in der Schmiedewerkstatt. Er hatte sich sehr verändert, war nun viel reifer und vernünftiger geworden. Ich nehme an aufgrund seiner schrecklichen Erlebnisse in den letzten Kriegstagen und durch seine recht gefährliche Fahnenflucht. Auch schien es, wie es mir ja auch ging, dass er wie befreit war von dem Druck und dieser ständigen Bevormundung durch seinen Bruder. Mit den Nachstellungen meiner Schwester gegenüber hörte er auf, machte ihr hin und wieder mal ein Kompliment und ich glaube, sie fand ganz langsam sogar Gefallen daran. Jedenfalls reagierte sie nicht mehr so ablehnend und schnippisch, sondern lächelte ihn hin und wieder an, scherzte und genoss es, so wie man das nun mal als junges Mädel in diesem Alter macht. Unser Vater hielt ebenfalls große Stücke auf Ludwig, lobte ihn oft beim gemeinsamen Abendessen und erwähnte immer wieder, wie fleißig und tüchtig er wäre und dass er ohne ihn die viele Arbeit nicht bewältigen könnte. Auch äußerlich hatte er sich verändert, durch die schwere körperliche Arbeit war er kaum noch wieder zu erkennen. Er war muskulös geworden und wirkte nun viel männlicher. Aber niemals wurde in dieser Runde auch nur ein Wort über meinen verschollenen Ehemann gesprochen und, das kannst Du mir glauben, ich war sehr froh darüber.

Es war, trotz aller Widrigkeiten dieser Zeit, bei uns alles recht harmonisch und ich fühlte mich so glücklich wie in meinem ganzen bisherigen Leben nicht. Doch leider blieb es nicht so. Das Schicksal schlug schon sehr bald fürchterlich zu, und zwar so, wie ich es mir in meinen schlimmsten Albträumen nicht vorgestellt hätte.

Franzinek und ich kamen uns immer näher und wir trafen uns heimlich des nachts, wenn wir sicher sein konnten, dass alle schliefen, meist in seiner Kammer oder manchmal, wenn das Wetter es zuließ, auch mal im Garten. Anfangs war ich sehr zurückhaltend und hatte ständig ein schlechtes Gewissen, denn ich war immerhin noch verheiratet und sogar Mutter und ich hatte mit einem anderen Mann ein Verhältnis. Ein Skandal, wenn das in unserem kleinen Dörfchen, wo jeder jeden kannte, bekannt werden würde. Aber irgendwann war es mir egal und es siegte das Verlangen nach ihm. Er machte es mir nun wahrlich nicht gerade schwer, sich in so einen charmanten, gutaussehenden Mann zu verlieben. Außerdem spürte ich, es ging ihm auch so. Ganz ähnlich verlief es bei meiner Schwester Magda und Ludwig. Auch sie trafen sich heimlich und ich vermutete, sie hatten ebenfalls ein intimes Verhältnis.

Das Verhängnis nahm seinen Lauf, als wir uns alle vier eines Nachts rein zufällig in unserem Garten begegneten und zwar in äußerst unschicklichem Zustand.

Ich nehme an, Rosi, Du verstehst, was ich damit meine.

Wortlos starrten wir uns an, klaubten unsere Kleidung auf und nach einem kurzen Moment der Starre, gewann meine Schwester als erste ihre Sprache zurück. Ich konnte kaum glauben, was sie zu mir sagte.

„Du Hure, was treibst du denn hier mit dem Polen. Hast du denn vergessen, dass du verheiratet bist und Mutter? Du solltest dich schämen!"

Sie drohte gar damit, während wir uns alle eiligst wieder ankleideten, alles unserem Vater zu erzählen. Ich war, ehrlich gesagt, wie vor den Kopf geschlagen und fragte mich, weshalb sie so erniedrigende Worte fand, um mich zu beleidigen. Schließlich hatte sie sich auch nicht gerade wie ein Engel benommen.

Um es vorweg zu nehmen, sie hat diese Begebenheit unserem Vater nicht gesagt. Ich nehme an, sie hatte Angst davor, er würde nachfragen, was sie denn eigentlich um diese Zeit im Garten zu tun hatte. Von diesem Tag an war unser Schwesterverhältnis sehr gestört und es hielt bis zum heutigen Tag an, denn es war nie mehr so war wie früher in unserer Kindheit. Doch warum ist das so? Warum konnte man in all den Jahren, nach den vielen schlechten Erfahrungen und den gemeinsam erlittenen Demütigungen das nicht vergessen und wieder ein normales freundschaftliches Verhältnis miteinander haben?

Ich weiß es ehrlich gesagt, auch nicht. Ich kann nur Vermutungen anstellen. Sie ist schon immer sehr egozentrisch und rechthaberisch gewesen. Alles musste immer so sein, wie sie es haben will und nur sie hat Recht. Alle anderen Meinungen will sie nicht hören und damit kann sie auch nicht umgehen. Ich glaube, gerade Du hast unter dieser Charaktereigenschaft am meisten zu leiden gehabt.

Noch etwas kam hinzu, denn später hatte ich ganz kurz die Gelegenheit mit Franzinek mal alleine ein Gespräch zu führen. Er erzählte mir, dass auch sie Interesse an ihm gezeigt hatte, noch bevor sie sich mit Ludwig einließ. Er hatte das jedoch nicht gewollt und ließ sie, wie sagt man so schön, abblitzen. Ich nehme an, diese Abfuhr hat ihr bestimmt sehr weh getan. Jedenfalls kannst Du Dir sicherlich vorstellen, was da in ihrem Kopf vorging, als sie sehen musste, wie ausgerechnet ihre Schwester nun mit dem Mann, den auch sie begehrte, ein intimes Verhältnis eingegangen war.

Eifersucht, vermute ich, und obendrein noch gekränkte Eitelkeit.

Es gingen fast drei Monate ins Land und unsere Schwangerschaften konnten wir nicht länger geheim halten. Natürlich hat das zuallererst unsere Mutter bemerkt und stellte uns zur Rede.

„Was soll ich denn eurem Vater sagen!?", stieß sie entsetzt aus, als wir es gestanden. Sie fuhr fort: „wie konnte das nur passieren?"

Ich hatte verständlicherweise den Kontakt zu Franzinek sofort nach der nächtlichen Begebenheit im Garten eingestellt. Aber es war zu spät, denn es war offensichtlich schon vorher passiert. Nun, was sollte ich der Mutter sagen? Die Wahrheit? Nein, unmöglich! Das wäre eine Katastrophe geworden. Ich, eine mit einem Deutschen verheiratete Frau, noch dazu mit einem kleinen Kind, habe mich mit einem Besatzer eingelassen? Wie würde Vater reagieren? Ihn zur Rede stellen? Und dann, welche Konsequenzen ergäben sich daraus? Nein, das konnte ich Franzinek nicht antun. Es gäbe Probleme über Probleme, sowohl auf polnischer, als auch auf deutscher Seite. Ganz zu schweigen davon, was passieren würde, wenn der verschollene SS-Mann plötzlich wieder vor der Tür stehen würde. Da war ich mir sicher, es würde ganz bestimmt in einem Blutbad enden. Diese Schmach würde der niemals einfach so hinnehmen. Also schwieg ich und sagte kein Wort über den mutmaßlichen Vater.

Zunächst nahm sie sich meine Schwester Magda vor und bearbeitete sie solange, bis sie gestand, sie hätte sich mit Ludwig eingelassen. Nun, das schien für sie nicht gar so schlimm zu sein.

„Dann müsst ihr eben heiraten, und alles ist wieder in Ordnung", lächelte sie erleichtert, „ist dann halt so wie es bei vielen vorkommt, eine Frühgeburt."

Ich atmete tief durch, da sie von mir im Moment kein Geständnis verlangte. Sie ging sogleich zu ihrem Mann in die Schmiede, nahm ihn zur Seite und erklärte ihm den Sachverhalt. Verständlicherweise war Konstantin völlig aufgebracht, tobte und stellte seinen Gehilfen Ludwig zur Rede. Dieser musste wohl ziemlich

175

erschrocken gewesen sein, denn er wusste ja ebenfalls nichts von einer Schwangerschaft und leugnete erst einmal alles. Den Gipfel der Auseinandersetzung erreichten sie, als Konstantin völlig außer sich und wütend, ihm vorwarf, er hätte nicht nur seine Tochter Magda, sondern auch noch gleichzeitig die andere, mit seinem Bruder verheiratete Schwester, geschwängert. Das war für Ludwig zu viel des Guten. Diese Anschuldigung konnte er nicht auf sich sitzen lassen und voller Wut stürmte er auf den Älteren zu und packte ihn am Kragen. Aber er rechnete nicht damit, dass Konstantin früher ein erfahrener Ringer war und trotz seines Alters, auch bedingt durch die jahrelange schwere Arbeit in der Schmiede, immer noch viel Kraft und Gewandtheit besaß. Dieser wehrte sich, entwand sich dem Griff, der ihm fast die Luft abgeschnürt hatte, packte Ludwig und warf ihn voller Wucht ins Eisen. Da nahm die Katastrophe ihren Lauf, denn Ludwig fiel so unglücklich hin, dass ihn ein Eisenstab förmlich wie eine Lanze aufspießte. Er war sofort tot. Fassungslos kniete Konstantin neben ihm und verzweifelt rief er seinen Namen, in der völlig irrigen Hoffnung, ihn so wieder ins Leben zurückholen zu können.

Als wir die Schreie hörten, stürmten wir beide in die Schmiede und sahen die Tragödie. Der Vater am Boden kniend und neben ihm in einer riesigen Blutlache liegend Ludwig, der noch nicht einmal mehr stöhnte, da er sein Leben schon ausgehaucht hatte.

Als Franzinek am Abend nach Hause kam, saß Konstantin wie versteinert auf seinem Stuhl und konnte kein Wort herausbringen. Unsere Mutter war die erste, die die Initiative ergriff. Sie bedeutete Franzinek mitzugehen, führte ihn in die Schmiede und erklärte ihm unter Tränen, was am Mittag geschehen war.

Auch er war verständlicherweise geschockt, sah nach, ob Ludwig tatsächlich tot ist und als er sich sicher war, dass ihm nicht mehr geholfen werden konnte, ging er ins Haus zurück und setzte sich neben Konstantin auf einen Stuhl. Wortlos saßen sie eine Weile da und jeder war mit seinen Gedanken beschäftigt. Wie sollte es nun weitergehen?

Franzinek wusste, es wäre eine sehr schwierige und heikle Angelegenheit, wenn sie das der polnischen Miliz melden. Ob sie ohne Weiteres an einen Unfall glauben würden, wagte er zu bezweifeln. Nach einer endlos lang erscheinenden Zeit schlug er deshalb vor, kein großes Aufheben zu machen und alles still-schweigend zu bereinigen.

„Aber, wie soll das denn gehen?", fragte Konstantin, „er wird doch vermisst werden. Wie sollen wir erklären, was mit ihm geschehen ist?"

„Ach, Konstantin", sagte er in seinem gebrochenen Deutsch, „das kein Problem in diesen Zeiten. Ihr alle nicht mehr lange hier. Ich wissen von Komman-dantur. Alle Deutschen müssen weg. Wohin? Ich auch nicht wissen. Der erste Zug geht schon nächste Woche von Bad Landeck ab. Ist Ludwig denn hier gemeldet?"

„Nein, ich glaube nicht. Er wohnt ja offiziell immer noch bei seinen Eltern in Wilhelmsthal."

„Das ist gut, so er nicht hier auf Liste von Novy Gieraltow, ich meine Neu Gersdorf, stehen bei Deportation. Also, ganz einfach, ist er geflüchtet und niemand weiß wohin. Wir ihn laden auf Schubkarren und bringen in Wald und dort begraben. Kein Mensch wird davon wissen. Ja?"

Teilnahmslos und lethargisch saß Konstantin auf

seinem Stuhl und nickte nur.

Doch da meldete sich seine Frau Auguste empört zu Wort.

„Das könnt ihr dem armen Kerl nicht antun! Einfach so im Wald wie ein Stück Vieh verscharren. Nein, das geht nicht. Er hat ein wenig Würde und Ehrfurcht verdient und muss zumindest in geweihter Erde beerdigt werden."

„Aber, meine Liebe", klagte Konstantin, „es ist furchtbar und schrecklich. Glaube mir, ich gäbe alles darum, dass das nicht geschehen wäre. Nur, was sollen wir denn machen? Wenn wir ihn zum Friedhof bringen, dann erfährt das in Windeseile das ganze Dorf. Dann können wir auch gleich zur polnischen Miliz gehen und den Vorfall melden."

Bei dieser Unterredung durften wir Schwestern natürlich nicht dabei sein, aber wir horchten an der Tür, denn die Neugier war groß. Da fiel mir plötzlich eine Lösung ein und ich nahm mir ein Herz und klopfte an.

Erschrocken rief der Vater aus: „Ja, wer da?"

Ich öffnete ganz vorsichtig die Tür und Magda und ich, beide im Nachtgewand, traten ein.

„Na, was soll das denn?", empörte sich der Vater, „habt ihr etwa gelauscht?"

Schuldbewusst nickten wir wie zwei vom Lehrer beim Abschreiben ertappte Schulkinder und nickten bejahend.

„Ja, Vater, es ist so, nur, wir dachten, das betrifft uns schließlich auch", antwortete ich leise und schuldbewusst.

„Wir haben Mutters Einwand gehört und ich glaube, er ist wirklich berechtigt. Mir ist da eine Lösung eingefallen, wie wir das vielleicht machen könnten."

Alle schauten mich mit großen Augen an und warteten auf meine Erklärung.

„Ja, nun, vor nicht allzu langer Zeit sind doch Ludwigs Eltern kurz hintereinander gestorben und sie wurden in Wilhelmsthal beigesetzt."

Die Eltern nickten, denn sie erinnerten sich noch an die Beerdigung, ahnten jedoch nicht, worauf ich hinauswollte.

„Ich denke, die Erde ist ganz bestimmt noch sehr locker, denn die Grabeinfassung wird ja immer erst nach ein paar Monaten, nachdem sich alles gesetzt hat, gemacht. Man kann die Grabstelle sicherlich des Nachts heimlich auf buddeln und Ludwig gemeinsam mit seinen Eltern darin bestatten. Und zwar in geweihter Friedhofserde. Was haltet ihr davon?"

„Ja, das ist gut, Anita", sagte Franzinek erleichtert. „Das ist auf jeden Fall besser als in Wald vergraben und da sein auch Ehre für arme Ludwig."

Alle nickten, zwar nicht gerade hingerissen von meiner Idee, aber es fiel auch keinem etwas Besseres ein.

Und so wurde es dann auch gemacht. Die zwei Männer gingen in die Schmiede und verpackten die Leiche in einen kräftigen Jutesack. Dann legten sie sie in die alte kleine Kutsche, die zum Glück noch nicht beschlagnahmt war, spannten ein Pferd vor und wir alle, bis auf Mutter, die die Schmiede vom Blut reinigen wollte, fuhren mitten in der Nacht die paar Kilometer weiter in das Nachbardorf. Es war tatsächlich so, wie ich es vermutet hatte. Die Erde konnte relativ leicht abgetragen werden und wir legten den Leichnam auf die Särge seiner Eltern. Danach richteten wir das Grab wieder so her, wie wir es vorgefunden hatten. Niemand würde vermuten,

dass hier eine weitere Bestattung vorgenommen wurde. Ludwig fand nun hier zusammen mit seinen Eltern seine letzte Ruhe.
Ganz leise sprach Konstantin eine kurze Andacht am Grab für ihn und nach dem Kreuzzeichen machten wir uns wortlos und innerlich sehr aufgewühlt wieder auf den Heimweg.
Ich dachte damals, nun wäre das Schlimmste überstanden, doch wie konnte ich ahnen, was noch alles auf mich zukam.

*

Rosmarie legt das Schreiben zur Seite und kramt nach einem Taschentuch. Diese aufwühlende Geschichte Ihrer Tante geht ihr so zu Herzen, dass ihr die Tränen kommen. In diesem Moment kommt Andreas herein.

„Um Himmelswillen, mein Liebling", fragt er besorgt, „was ist denn passiert? Du weinst ja. Was ist passiert?"
Rosmarie schreckt zusammen und schaut zur Tür. Andreas kommt näher, nimmt sie in den Arm und versucht zu ergründen, was los ist.
Sie kann jedoch nicht gleich antworten, da sie noch völlig im Bann des Briefes ihrer Tante steht.
„Arme Tante", sagt sie nur, „sie tut mir so unendlich leid. Was sie alles durchmachen musste."
„Wie? Was ist denn mit deiner Tante?"
„Hier, schau her", antwortet sie und reicht ihm den Brief.
„Lies es am besten selbst, denn ich muss jetzt erst einmal eine Pause machen. Aber vorab schon mal, ich weiß jetzt endlich, wer mein Vater ist."
„Oh, das ist schön. Wer ist es denn?"
„Später. Ich denke, es ist gut, wenn du den Brief von Anfang an

liest, dann wirst du alles besser verstehen."

Rosmarie zeigt auf die Stelle, an der sie aufgehört hatte zu lesen und sagt: „Den Rest lesen wir dann zusammen weiter. Ich hole uns jetzt erst einmal was zu Trinken und geht in Richtung Küche.

„Gut", ruft er ihr nach und widmet sich neugierig dem Schreiben.

„Ist aber auch eine sehr traurige Geschichte", kommt von ihr aus der Küche.

30. Kapitel

„Oh, nein", klagt Andreas fassungslos, „was für eine dramatische Geschichte, die sie da erzählt. Eine einzige Tragödie. Der arme Ludwig musste so unglücklich aus dem Leben scheiden.
Und Konstantin schleppte all die Jahre diese schwere Schuld mit sich herum. Und wir wissen sogar, dass auch Franzinek nicht lange leben durfte. Auch er wurde ja in jungen Jahren gewaltsam aus dem Leben gerissen. Und sein Mörder wurde niemals gefasst. Jetzt bin ich aber wirklich sehr gespannt darauf, zu erfahren, was uns Tante Anita noch weiter mitzuteilen hat. Ob sie uns alle Geheimnisse und Rätsel preisgeben wird?"
Beide sitzen auf der Couch, trinken Kaffee und können es kaum erwarten, weiterzulesen.

Am nächsten Tag mussten wir, also Magda und ich, ins Wohnzimmer zu den Eltern kommen. Franzinek war bereits mit seinem Fahrrad nach Bad Landek zu seinem Dienst aufgebrochen. Mit ernster Miene verkündete unser Vater, dass etwas zu geschehen habe, da diese Situation mit unseren Schwangerschaften geklärt werden müsste. Unsere Mutter saß völlig apathisch auf ihrem Stuhl und sagte kein Wort. Es gab von ihm eine klare Ansage und er erwartete keinerlei Widerrede.
„Anita, du bist eine verheiratete Frau und Mutter. Du wirst dieses Kind auf keinen Fall austragen. Es gäbe hier im Dorf einen Skandal und es ist nicht auszudenken, was passiert, wenn dein vermisster Ehemann hier wieder auftaucht und du ein Kind von einem anderen Mann hast. Es bleibt nichts Anderes

übrig, als es abzutreiben zu lassen. Jetzt ist gerade noch Zeit dafür. Baldmöglichst wirst du, gemeinsam mit deiner Mutter nach Bielendorf gehen. Dort, etwas außerhalb in der Nähe der Höllenkoppe, wohnt eine Einsiedlerin, die man allgemein als eine „Engelmacherin" bezeichnet. Diese Frau wird dir helfen, damit das Kind nicht zur Welt kommt und auch niemand etwas davon erfährt. Sie gilt als sehr zuverlässig und schweigsam."

Liebe Rosi, Du kannst Dir bestimmt vorstellen, wie mir in diesem Moment zumute war. Ich war entsetzt, dass ich das Kind, das schließlich in Liebe entstanden war, nicht austragen durfte und ich noch nicht einmal mit Franzinek darüber reden konnte. In meiner Verzweiflung fiel ich weinend auf die Knie, flehte den Vater an und fing an zu beten. Ich versuchte alles, um ihn von seiner Meinung noch abzubringen, doch leider vergeblich. Sein Herz war nicht zu erweichen und so musste ich diesen schweren Gang letztendlich auf mich nehmen.

Magda saß dabei und wartete darauf, dass auch sie zu dieser „Engelmacherin" gehen sollte, doch das war nicht gewollt. Unser Vater sagte ihr klipp und klar, sie müsse das Kind austragen, schon aus Respekt dessen Vater gegenüber. Jedoch, sie wollte das partout nicht einsehen und bestand darauf, es nicht zu gebären. Ohne Vater könne sie nicht die alleinige Verantwortung für ein Kind auf sich nehmen. Und das auch noch in diesen schweren Zeiten. Diese Bürde schien ihr einfach zu groß und sie bat inständig darum, mitgehen zu dürfen. Aber das Machtwort von Vater hatte Bestand und duldete keinen Widerspruch. Magda wurde ihrer Meinung nach also nicht davon „befreit". Später sagte sie immer wieder, es hätte am

Geld gelegen und das hätte eben nur für die ältere Tochter gereicht. Aber das ist nicht die Wahrheit. Unser Vater wollte meiner Meinung nach sein Gewissen entlasten, indem er, da er sich für Ludwigs Tod verantwortlich fühlte, wenigstens dessen Kind das Leben rettete.

So musste meine Schwester nun ein ungewolltes Kind austragen und ich dem Allmächtigen mein Ungeborenes wieder zurückgeben.

Welch eine Tragik!

Damit uns keine Dorfbewohner sehen konnten, machten meine Mutter und ich uns am nächsten Morgen noch in der Dunkelheit auf den Weg zum etwa fünf Kilometer entfernten Bielendorf. Verzweifelt versuchte ich unterwegs sie noch umzustimmen, aber das gelang mir nicht. Was das Familienoberhaupt beschlossen hatte, musste respektiert werden, so das eherne Gesetz. Sie war zwar ebenso verzweifelt wie ich, aber ändern konnte auch sie nichts daran. In Bielendorf angelangt, suchten wir den Waldweg zum Haus der Einsiedlerin. Auch meine Mutter kannte ihn nicht und so irrten wir in der Gegend umher, bis wir ihn endlich fanden. Tief im Wald sahen wir ein kleines Köhlerhäuschen und im ersten Moment schien es mir so, als wäre ich direkt in das Märchen von Hänsel und Gretel geraten, die das schreckliche Hexenhaus gefunden hatten. Genau so stellte ich mir in meiner Kindheit die Szenerie vor, doch nun war es leider keine Märchengeschichte, sondern traurige Wirklichkeit. Etwas überrascht war ich allerdings, als nach unserem Klopfen eine alte Frau die Haustür öffnete und uns begrüßte. Sie sah überhaupt nicht aus wie eine Hexe, sondern war sauber und gepflegt angezogen. Freundlich lud sie uns ein einzutreten. Im kleinen, aber gemütlich eingerichteten Wohnzimmer brannte ein Kaminfeuer. Wir waren von dem langen Marsch ziemlich durchgefroren und waren deshalb sehr froh, uns daran zu erwärmen. Nach einer Weile musterte sie mich von oben bis unten und wusste sofort den Grund unseres Kommens. Meine Mutter wollte ihr gerade alles erklären, doch sie winkte nur ab, bat uns Platz zu nehmen und erst einmal eine Tasse Tee mit ihr zu trinken. Sie ging in die Küche, um ihn zuzubereiten und wir nahmen verschüchtert Platz auf dem Sofa. Bald darauf erschien sie wieder, servierte den Tee und setzte sich zu uns. Ich weiß bis heute nicht, was sie mir in diesen Trank gegeben hat, denn es schmeckte nicht nach einem normalen Tee, wie ich es von zuhause gewohnt war. Jedenfalls verlor ich kurz danach das Bewusstsein und bekam nur noch mit, wie mich die beiden auffingen und in ein Nebenzimmer trugen und auf ein Bett legten. Was dann geschah, möchte ich ganz ehrlich gesagt, überhaupt nicht wissen und habe auch niemals mehr bei meiner Mutter danach gefragt. Diese Schamgefühle haben mich mein Leben lang verfolgt. Wie lange ich bewusstlos war und von dieser Frau malträtiert wurde kann ich beim besten Willen nicht sagen. Ich weiß nur, dass ich, als ich aufwachte, schweißüberströmt und mit Schüttelfrost auf dem Bett lag und einen riesen Schreck bekam, als ich unter und neben mir eine große Blutlache erblickte. Meine Mutter wischte mir den Schweiß ab und versuchte mich so gut es ging zu trösten. Sie sagte immer wieder zu mir, es wäre nun vorbei und alles wäre gut gegangen. Es dauerte ewig lang bis ich wieder einigermaßen zu Kräften kam. Mehrere Male verlor ich noch das Bewusstsein. Zwischendurch gaben sie

mir einen Becher zu trinken mit einer, wie sie mir versicherten, heilsamen Brühe darin. Irgendwann, ich glaube es war erst am nächsten Tag und es dunkelte bereits, konnte ich endlich aufstehen. Mit wackligen Beinen machten wir uns auf den langen Heimweg. Ständig mussten wir unterwegs Pausen einlegen und ohne die Hilfe meiner Mutter hätte ich garantiert unser Heimatdorf nie mehr wiedergesehen. Ich hätte mich, so entkräftet und erschöpft wie ich war, am liebsten ins Gras gelegt und gehofft sterben zu dürfen. Als wir dann nach endlos langer Zeit zu Hause ankamen, legte ich mich sofort in mein Bett und habe dort mehrere Tage in einer Art Schlaftraumata gelegen. Keinen Menschen wollte ich mehr sehen. Ich kann Dir überhaupt nicht sagen, wie viele Tränen ich vergossen habe, vor lauter Trauer über mein verlorenes Kind. Von den fürchterlichen Schmerzen im Unterleib gar nicht zu reden. Doch das Schlimmste stand mir noch bevor, denn etwas später erfuhr ich von einem Arzt, dass durch diese kurpfuscherische Behandlung; nun muss ich es doch sagen, durch diese „Hexe", dazu geführt hat, dass ich nie mehr ein Kind würde austragen können. Das einzige Glück was ich noch hatte, war mein kleiner Junge, der mir in dieser schlimmen Zeit allein durch seine Anwesenheit viel Kraft gegeben hat. Mit Franzinek hatte ich keinen Kontakt mehr und mied ihn, wann immer es ging. Ich hatte große Sorge, er würde davon etwas erfahren und wollte nicht, dass er auch noch leiden sollte. Er ahnte bestimmt irgendwas, doch keiner sagte ihm auch nur ein Wort darüber. Und das war auch gut so.
Das ganze Dorf war in Aufruhr, denn ständig wurden Aussiedlertrecks zusammengestellt und viele Dorfbewohner mussten den Marsch zu Fuß mit ganz

wenigen Habseligkeiten zum Bahnhof nach Bad Landeck auf sich nehmen. Auf Nimmerwiedersehen. Ich wusste, auch wir werden davon nicht verschont, auch wenn Franzinek all seine Beziehungen bei den polnischen Behörden spielen ließ, um zu erreichen, dass wir in Neugersdorf bleiben dürften.
Es sollte vergebliche Mühe sein.
Die Polnischen Neubürger hatten kein Erbarmen, alle Deutschen sollten verschwinden. Konstantin mit seiner Schmiede und Stellmacherei war eigentlich für sie unentbehrlich, dennoch mussten auch wir den beschwerlichen Weg aus unserer Heimat mit dem allerletzten Treck im September 1946 antreten. Franzinek bat mich inständig, bei ihm zu bleiben und ihn zu heiraten. Er wollte sich bei den Behörden dafür einsetzen, meine Scheidung zu erreichen, da mein Mann seit Kriegsende als vermisst galt. Aber ich konnte ihm diesen Gefallen nicht tun, denn zum einen wusste ich da schon, ich könnte ihm niemals Kinder schenken und zum anderen hatte ich Angst alleine als einzige Deutsche im Dorf zurückzubleiben. Auch an meinen kleinen Jungen dachte ich und wollte ihm so eine ungewisse Zukunft ohne die Familie nicht zumuten. So ging alles seinen Lauf und wir wurden in Bad Landeck in einen Zug verfrachtet und keiner wusste wohin die Reise ins Ungewisse gehen sollte. Was hatten sie mit uns vor?
War unser Ziel etwa auch Sibirien, wie sie es mit den zahllosen deutschen Kriegsgefangenen getan hatten?
Schließlich waren wir alle sehr erleichtert, als der Zug nicht gen Osten fuhr, sondern in Richtung Westen.
Leipzig sollte unsere neue Heimat werden.
Alles Weitere brauche ich Dir ja nicht zu schildern, denn das hast Du selbst erlebt oder kennst Du

zumindest aus Erzählungen Deiner Großeltern und deren Freunden.

Was Du jedoch wahrscheinlich nicht weißt, ist eine Begebenheit, die sich in Leipzig ungefähr Anfang des Jahres 1951 zutrug und deshalb will ich Dir davon berichten. Eines Tages erschien eine Frau bei uns und stellte sich als eine Schwester meines verschollenen Mannes vor. Natürlich waren wir neugierig von ihr zu erfahren, ob sie wisse, was mit ihm geschehen war. Sie sagte uns, er wäre am Leben und befände sich zurzeit in Gießen in einem Auffanglager für DDR-Flüchtlinge. Also, hatte er doch überlebt und ist in den Westen geflüchtet. Du kannst Dir sicher denken, diese Nachricht hat mich nicht gerade erfreut. Aber, immerhin, er ist im Westen, so sagte ich mir, und kann mir hier in der DDR keine großen Probleme bereiten. Doch dann zog sie einen Umschlag aus ihrer Handtasche und reichte ihn mir. Darin befand sich eine Bahnkarte von Leipzig nach Gießen! Na, das war vielleicht ein Schock für mich, denn damit hatte ich ganz bestimmt nicht gerechnet. Will er mich etwa in den Westen holen? Zu dieser Zeit war es noch relativ einfach aus der DDR auszureisen, denn die Mauer sollte ja erst wesentlich später gebaut werden. Diese fremde Frau ließ mir keine Wahl und ich musste wohl oder übel das Spiel mitspielen. Ich heuchelte ein wenig Freude und versprach ihr, alsbald gemeinsam mit unserem kleinen Sohn die Reise nach Gießen anzutreten. Bevor sie ging, kam von ihr plötzlich noch etwas völlig Überraschendes. Sie fragte nach Magdas Tochter, also nach Dir und wollte Dich sehen. Wir alle waren total überrumpelt, denn wir wussten nicht, worauf sie abzielte. Woher wusste sie überhaupt von Dir? Unser Vater fragte sie nach dem Grund und sie antwortete, sie nehme an, dieses Kind wäre wahrscheinlich von ihrem Bruder Ludwig. Schließlich wäre es durchaus denkbar, da Magda wohl offensichtlich ein Verhältnis mit ihm hatte. Sie würde gerne mal sehen, ob man eine Ähnlichkeit feststellen kann. Du kannst dir sicher vorstellen, wie perplex wir waren. Konstantin hatte sich jedoch schnell gefasst und holte Dich ins Wohnzimmer. Du warst damals ja noch sehr klein und wirst Dich sicher nicht mehr daran erinnern.

„Nun", sagte sie zu uns, „sicher bin ich mir nicht, ob das ein Kind meines Bruders ist. Dazu ist sie noch viel zu jung. Ich werde es ihm, falls auch er wieder auftauchen sollte, sagen und er wird dann entscheiden, was zu tun ist."

Sie verabschiedete sich von uns und wir haben sie nie mehr wiedergesehen. Besonders sympathisch wirkte sie nicht gerade auf uns.

Es blieb mir nichts Anderes übrig, als die Reise in den Westen anzutreten und mit sehr unguten Gefühlen stieg ich mit meinem kleinen Sohn in Leipzig in den Interzonenzug ein. Immer wieder fragte ich mich, was das alles zu bedeuten hatte. Warum wollte er, dass ich zu ihm komme? Meinte er etwa, wir könnten wieder eine Familie werden, obwohl wir das doch eigentlich nie richtig waren? Ich grübelte die ganze Fahrt darüber nach, kam jedoch zu keinem Ergebnis. Schließlich ergab ich mich meinem Schicksal und harrte der Dinge, die da kommen sollten. Sehr erstaunt sah ich ihn beim Aussteigen aus dem Zug in Gießen bereits auf dem Bahnsteig stehen. Ich muss ehrlich sagen, ich hätte ihn kaum wiedererkannt, wäre er mir irgendwo begegnet. Er war alt und grau in den paar Jahren geworden. Er kam auf uns zu und ich dachte noch, wie bitte, keine Blumen zur Begrüßung? Nein, keine Blumen und auch keine richtige Begrüßung. Kalt und unnahbar war er, wie ich ihn in Erinnerung hatte. Seine ersten Worte werde ich nie vergessen.

„Weshalb hast du denn diesen Balg mitgebracht?"

Dabei deutete er auf seinen Sohn, der überhaupt nicht verstand, um was es ging und er auch nicht wusste, wer dieser Mann war. Zum Glück!

Er forderte uns auf, mit in die Bahnhofsgaststätte zu gehen und sah auf dem Weg dorthin immer wieder abfällig auf den Kleinen herab. Dabei bestritt er ganz vehement, dass dieses Kind überhaupt nicht sein Sohn wäre. Er hätte Informationen über meinen lieder-lichen Lebenswandel in Neugersdorf erhalten und wusste sogar von der Abtreibung.

Woher hatte er nur diese Informationen?

Ich ging darauf überhaupt nicht ein und wollte nur in Ruhe gelassen werden. Als wir am Tisch saßen und der Ober uns die Getränke hingestellt hatte, griff er in seine Manteltasche und holte ein Schriftstück hervor. Er gab es mir und befahl es zu lesen. Es war ein Antrag auf Scheidung. Ich sollte dieses Dokument unterschreiben, damit er wieder heiraten konnte, denn er hatte eine neue Frau gefunden, die, wie er versehentlich sagte, von ihm schwanger war. Deshalb die Eile.

Liebes Rosilein, Du kannst Dir überhaupt nicht vorstellen, wie groß der Stein war, der mir in diesem Moment vom Herzen fiel. Ich sollte also weder bei ihm im Westen bleiben, noch wollte er zu uns nach Leipzig kommen. Ich hatte nun tatsächlich die Möglichkeit, mich endgültig von diesem fürchterlichen Menschen zu befreien. Liebend gerne nahm ich seinen

Kugelschreiber in die Hand und unterzeichnete das Schreiben.

„Gut", sagte er und nickte wohlgefällig, „alles Weitere wird mein Anwalt dann in die Wege leiten."

Mehr wollte er nicht von mir und ich war sehr froh darüber, dass alles so schnell über die Bühne gegangen war. Doch dann fiel mir eine Sache ein, die ich unbedingt von ihm noch erfahren wollte. Bevor er das Dokument einstecken konnte, nahm ich es zu mir. So konnte er mir nicht ausweichen und ich verfügte über ein Druckmittel. Die ganzen Jahre hatte mich das beschäftigt und er sollte nun hier bei der vermutlich letzten Gelegenheit eines Gesprächs dazu Stellung nehmen. Ich verlangte von ihm, mir endlich zu sagen, weshalb unser Vater ihm damals so hörig war und alles erduldet hatte, was er von ihm verlangte.

Er lachte lauthals auf und sagte genüsslich: „Eine schöne Geschichte und ich werde sie dir gerne erzählen. Es war schon von Vorteil, wenn man Mitglied in der NSDAP war und dadurch viele Gesinnungsgenossen hatte. Einer meiner damaligen Freunde fand eine sehr brisante Akte über deinen Vater, als wir das Gemeindebüro besetzten und einen für uns vertrauenswürdigen Parteigenossen zum Bürgermeister ernannten. Er kam sofort zu mir und zeigte mir die Unterlagen. Als ich den Inhalt gelesen hatte, war mir auf Anhieb klar, wenn diese Sache an die Gestapo weitergeleitet werden würde, würde dein Vater sehr wahrscheinlich sofort verhaftet werden. Vielleicht hätte er gar sein Leben im KZ beendet. Also nahm ich die Akte in Gewahrsam und verpflichtete meinen Freund zum Stillschweigen. Unter Kameraden galt damals noch ein gegebenes Versprechen und er hat es bis heute nicht gebrochen.

Ich ging zu Konstantin und konfrontierte ihn mit seiner Vergangenheit. Es war, ich muss es leider zugeben, ein innerer Reichsparteitag für mich, zu sehen, wie dieser selbstherrliche und hochmütige alte Herr förmlich zusammenbrach, denn damit hatte ich ihn in der Hand. Ein Wink von mir und es wäre aus mit ihm gewesen.

„Ja, aber, was hatte er denn so Schlimmes getan?", wollte ich von ihm wissen.

Süffisant lächelnd fuhr er fort: „Ich hatte aus den Akten ersehen, dass mein ehrenwerter Herr Schwiegervater vor vielen Jahren durch die Krankheiten seiner zweiten Frau in arge finanzielle Nöte geraten war. Er fand Hilfe bei einem Arzt in Bad Landeck, der sie sehr oft behandelte und dafür kein Geld verlangte, da er die Zwangslage der beiden erkannte. Dafür unterschrieb Konstantin ihm Schuldscheine in, für seine Verhältnisse, beträchtlicher Höhe. Er versprach, sobald es ihm möglich wäre, diese Summe bei ihm abzustottern. Doch dann kam alles anders. Die Inflation und alles Geld verlor dramatisch an Wert und somit war die zunächst enorme Schuld mit einem Mal rein gar nichts mehr wert.

Gut für Konstantin, Pech für den Arzt.

Aber Konstantin, als ein Ehrenmann, plagte große Schuldgefühle, die ihn nie ganz verließen. Doch es sollte der Tag kommen, wo er das wiedergutmachen konnte, denn ein paar Jahre später stand plötzlich eines Abends der Arzt mit seiner Familie vor seiner Tür und bat ihn um Hilfe. Es war eine jüdische Familie, die erfahren hatte, dass sie deportiert werden sollten. Nun, Konstantin war zwar kein Bürgermeister mehr, doch er hatte noch einen Zweitschlüssel für das Gemeindebüro. So ging er also des Nachts heimlich ins Amt und stellte eine Ausreisegenehmigung für die jüdische Familie aus, natürlich versehen mit einem amtlichen Stempel. Mit diesem Dokument gelang es der Familie tatsächlich unbehelligt über die Grenze zu kommen und Konstantin hatte somit sein Gewissen beruhigt. Etwas später kam es trotzdem heraus und er wurde zur Rechenschaft gezogen. Der damalige Bürgermeister war ein sehr alter Freund von ihm und beließ es lediglich bei einer Aktennotiz, die ich nun in meinen Händen hielt und leicht gegen ihn verwenden konnte. Nach der Machtergreifung sah die Sache natürlich ganz anders aus. Fluchthilfe für Juden, das hätte ihm und auch dem ehemaligen Bürgermeister ganz sicher das Genick gebrochen."

Ich war ganz nahe dran dieses abscheuliche Grinsegesicht anzuspucken, konnte mich aber im letzten Moment noch zusammenreißen, denn ich wollte unbedingt noch mehr von ihm erfahren. Deshalb beherrschte ich mich und fragte ihn, ob er denn nach dem Krieg nochmal in Neugersdorf gewesen wäre. Ich glaube, er wusste sofort, worauf ich hinauswollte, denn er lächelte selbstgerecht, nickte kurz und wartete darauf, was ich wissen wollte. Mir stand absolut nicht der Sinn nach irgendwelchen Spielchen und deshalb ging ich aufs Ganze und fragte ihn unverblümt, ob er in Neugersdorf die Schmiede angezündet hatte und auch, ob er den polnischen Verwalter erschossen hat.

„Du glaubst doch wohl nicht im Ernst, dass ich hier vor dir ein Geständnis ablegen werde", lachte er überheblich, „ich sage dir lediglich, ich habe mich sehr darüber gefreut. Wer es war, nun, das wirst du bestimmt niemals erfahren."

Wutentbrannt und zornig schleuderte ich ihm Schimpfworte an den Kopf, die ich hier nicht wiederholen möchte und wofür ich mich heute noch schäme, sie im Beisein meines Sohnes gebraucht zu haben. Er lachte nur ein weiteres Mal auf seine widerliche arrogante Art und ich warf ihm das Dokument vor die Füße, nahm den Kleinen an die Hand und ging mit ihm so schnell wie möglich zum Bahnsteig, um auf den nächsten Zug zurück nach Leipzig zu warten.

Aus den Augenwinkeln sah ich, wie er wohlgefällig auf dem nahegelegenen Parkplatz einen nagelneuen Volkswagen aufschloss. Dieser Mistkerl, dachte ich, hat schon wieder sein Fähnchen in den richtigen Wind gehängt und macht nun auch im Westen Karriere. Doch plötzlich erinnerte ich mich daran, was ich mir vorgenommen hatte, ihn noch zu fragen. Ich sprang von der Bank auf und rief ihm zu, einen kleinen Moment zu warten und ging zum Zaun Er tat mir den Gefallen und wartete.

„Was gibt's denn noch?", fragte er unwirsch.

„Es gibt da noch eine Ungereimtheit für mich und es wäre schön, wenn du mir darüber was sagen könntest."

„Ja, gut, um was geht es denn?"

Ich fragte ihn nach meinem Schwager, dem holländischen Mann meiner Schwester und hoffte, dass er etwas über ihn weiß.

Er strahlte, als er den Namen hörte und großspurig fing er an zu erzählen und behauptete gar, ihn recht gekannt zu haben.

„Ach, ja, dieser Holländer. Das war ein Kerl. Ein Multitalent und Überlebenskünstler. Wir nannten ihn immer „Kaaskopp", hatten jedoch auch ein wenig

Muffe vor ihm. Er war nämlich früher mal ein richtig großes Tier bei den Nazis gewesen. Soweit ich weiß, war er Handelsattachée in der deutschen Botschaft in Moskau. Und äußerst sprachbegabt war er. Er beherrschte außer seiner Muttersprache auch fließend Deutsch, Russisch und sogar Polnisch. Er sah gut aus, verfügte über ein großes Selbstvertrauen und hatte allerbeste Beziehungen bis in die höchsten Kreise der deutschen Machthaber. Nach Auflösung der Moskauer Botschaft, bedingt durch den Krieg mit Russland, kam er in das besetzte Polen und machte auch dort in der Verwaltung eine steile Karriere. Rechtzeitig setzte er sich jedoch ab, da er über genaue Informationen der Rückzugspläne der deutschen Wehrmacht verfügte und sofort ahnte, dieser Krieg wird wohl nicht mehr zu gewinnen sein. Er schnappte sich einfach einen LKW und war über Nacht aus Warschau verschwunden. Ich geriet damals in russische Gefangenschaft und sollte mit vielen tausenden deutschen Soldaten nach Sibirien verfrachtet werden. Aber mir und ein paar Kameraden gelangen vor dem Abtransport noch rechtzeitig die Flucht. Wie das möglich war, braucht dich nicht zu interessieren. Nur so viel, wir schlugen uns bis Polen durch und dabei lernten wir unseren „Kaaskopp" kennen. Gemeinsam führten wir ein paar recht erfolgreiche Partisanenangriffe gegen unsere Feinde durch. Doch unser holländischer Sonnyboy hatte auf einmal keine Lust mehr mitzumachen und fragte mich über meine Heimat aus, da er eine Möglichkeit suchte unterzutauchen. Ganz ehrlich, ich fand das überhaupt nicht gut, aber da er uns auch oft mit seinem LKW aus der Patsche geholfen hatte, gab ich ihm dann letztendlich doch die Adressen und die nötigen Informationen.

Nur, was ich beim besten Willen nicht verstanden habe ist, dass er tatsächlich in diesem Kaff Neugersdorf heimisch geworden war und dann auch noch deine, verzeih bitte, doch recht unscheinbare Schwester geheiratet hatte. Das passte nun so gar nicht zu diesem Windhund. Aber, wie es manchmal so ist, wenn Amor zuschlägt, wird das Unmögliche wahr. Begreife das wer will.

So, mehr kann ich dir auch nicht über ihn sagen. Ich fürchte, es war schon zu viel. Und nun lass mich endlich in Ruhe."

Er drehte sich ohne einen Gruß um und ging mit schnellen Schritten, die noch sehr an seine Militärausbildung erinnerten, zu seinem Wagen. Mein kleiner Walter stand neben mir, reckte sich hoch, um einen Blick über den Zaun werfen zu können, strahlte mich an und deutete auf den neuen, in der Sonne glänzenden Wagen und sagte: „Auto".

Zum Glück bin ich diesem Menschen in meinem ganzen Leben nie mehr begegnet.

Ja, meine liebe Rosi, das war mein Geständnis und meine aufrichtige Reue für alles, was ich Dir angetan habe.

Mein größter Wunsch ist, dass Du nun, nachdem so viele Dinge für Dich im Reinen sind, endlich Frieden findest und mit Deiner Familie in eine glückliche Zukunft gehst.

Verweile nicht länger in der Vergangenheit und freue Dich über die Liebe zu Deinem Mann und Deinen Kindern, denn die Liebe ist keine Selbstverständlichkeit.

Sie macht das Leben erst lebenswert und man muss immer bereit sein dafür zu kämpfen.

Deine Dich von ganzem Herzen liebende

Tante Anita

PS: Und sei bitte nicht zu streng mit Deiner Mutter. Versuch ihr zu vergeben, so wie ich es getan habe. Für sie war diese schreckliche Zeit ebenfalls nicht einfach, auch wenn es für Dich ganz bestimmt sehr schwer war, ihre Strenge und permanente Unzufriedenheit, die sie zeitlebens mit sich herumschleppt, zu ertragen. Richte nicht über sie, denn einzig sie selbst muss es irgendwann einmal tun.

*

Rosmarie und Andreas müssen erst einmal tief durchatmen und diese Geschehnisse aus der Vergangenheit sacken lassen. Sie legen den Brief zur Seite und beide denken daran, ohne ein Wort zu verlieren, was Tante Anita in ihren Schlussworten über die Liebe geschrieben hat.
Andreas nimmt seine Frau in die Arme und sagt zu ihr: „Das wollen wir uns zu Herzen nehmen und uns danach richten. Ich liebe Dich, mein Schatz!"
„Ich liebe Dich auch, bis zum Lebensende und hoffentlich sogar darüber hinaus!"

Ende

Das Autorenpaar
Gabriele Sandmüller und Alexander Becker

www.niemetaler-verlag.de